반짝이는 밤의 낱말들

반짝이는 밤의 낱말들

유희경 산문집

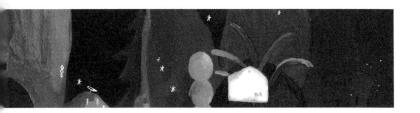

아침달

우리의 생각들로 어둑해지는 하늘
누군가 울 때마다 별이 태어나고
오늘이 내일이 될 이제는 잠들 시간

먼 바람 찾아오고 흔들리는 구름
창문은 다정한 숨으로
하얗게 가려지고
귀 기울여봐도 기척 없을 때

마냥 착해져도 괜찮을
지금은 당신의 시간
고요로 세상을 덮어줄 테니
아주 잠시 안녕하도록 해요
잘 자요 잘 자요 나의 당신

차례

제2부
우리는 저녁에 만났다

epilogue

당신에게

세계의 첫 밤을 생각합니다. 아주 먼 그때. 나도 당신도
없고 추억도 막막함도 없는, 그러니 무서울 것도 쓸쓸할
마음도 아직 없을 아득한 밤. 그 밤의 깜깜함을 나는 만난
적이 없으나 참으로 보고 싶게 되어버렸습니다.

그러나 그 밤, 세계의 첫 밤을 정말 만난 적이 없는 것일까
생각도 해봅니다. 그런 짐작을 거두지 못하는 까닭은 깊은
밤마다 만나게 되는 적요가 있기 때문입니다.

적요란 참 오래된 것이지요. 그것은 내가 태어나기 훨씬
전부터. 아니 인간의 짧은 역사로는 가늠할 수 없는 때부터
있었던 현상. 아무것도 없다가 조금씩 드러나는 어떤 감정.
그 감정의 낱말들. 익숙한 듯 낯선, 처음인 동시에 처음이
아닌 그런.

나는 적요를 당신으로 여기곤 합니다. 세계의 첫 밤과 같이
당신도 그러합니다. 만난 적 없으면서, 누군지도 모르면서
분명히 거기 있을 당신. 어쩜 이토록 보고 싶을까요.
당신도 그러할까. 그건 알 수 없는 일이지만 그럼에도
가까이 가고 싶고 닿고 싶고, 그럴 방법은 없나. 불쑥 그럴

수 있을 것만 같고. 이 밤의 내가 손을 흔들면 그 밤의
당신이 볼 것만 같기도 했던 것입니다.

밤을 이루는, 밤을 떠돌고 밤을 만들고 마침내 밤 자체가
되는 낱말들을 찾기 시작한 이유입니다. 그것은 어둠 속
빛과 같아서 어떤 온도, 그 온도의 색, 그 색이 드러내는
선과 그림자와 같은 신호. 내가 여기 있고, 거기 당신이
있을 거라는 예정. 이것을 우리가 알아볼 수 있다면.

어두운 방의 스탠드 불빛을 밝혔습니다. 노트를 펼치고
창문을 열고 서늘한 밤바람을 등지고 앉았습니다.
타박타박 적어갔습니다. 적어가던 낱말은 둘이 되고 셋이
되고 이어져 무수한 계절을 지나 이야기가 되었습니다.
때로 멈추고 잊기도 했으나 매번 돌아와 다시 적어가는
동안 나는 이 이야기가 나의 것이 아닌 줄 알게 되었지요.
아니 이미 알고 있었는지도 모릅니다.

이 이야기의 주인은 당신입니다. 당신만이 알아볼 수 있을
테니까요. 나는 신호를 보내는 것이 아니라 그 신호를
해석하고 있었던 것이겠지요. 먼 별의 빛으로 여기와 거기

간의 거리를 재는 과학자처럼. 나는 이야기의 주인을 두고
적어가는 사람.

나는 당신이 보내준 이 이야기가 좋습니다. 좋아서 밤이
내게로 옵니다. 저녁이 어둑어둑해지고 당신이 좋아서
귓속이 따뜻해집니다. 좋아서 책상은 어두워지고 불빛을
밝히고 거기 앉습니다. 어둑어둑해진 손끝으로 그 신호를
받아 적고 있습니다. 나는 그렇게 오는 밤을 맞이합니다.

곡진하게 묻습니다. 당신의 밤은 어디서 어디로 옵니까.
눈을 감고서, 안심한 채 먼 곳에서 들려오는 신호에, 그
신호가 만들어가는 이야기에 전심을 맡기기도 합니까.
오롯이 혼자가 될 때. 혼자가 아닐 수 없을 밤에 당신에게
찾아오는 이야기는 누구의 것입니까. 그것은 혹시 나의
이야기가 아닐는지.

그러면 나는 참 기쁘겠습니다. 어쩌면 내가 이 방에 이렇게
혼자이고 그래도 괜찮은 까닭은 그 때문일지도 모릅니다.
나의 이야기가 당신에게 닿아가는 중이라면.

다시 말해도 될까요. 나는 당신이 보내준 이 이야기가
좋습니다. 너무 많기도 하고 아예 없기도 한 당신. 당신의
이야기. 나는 꽃으로 가득한 어떤 나무를 대하듯, 어디를
봐야 할지 모르고 대신 황홀합니다. 그래도 괜찮을까요.
그런 당신을 내가 좋아해도 괜찮을까요.

I. 밤의 낱말들

능소화

일초

첫사랑

걸음

왼편

목련

벚나무

불안

화분

책상

그늘

바람

졸음

손금

커튼

우산

거리

일기

손톱

구름

아이

대화

안녕

부슬비

자리

벚꽃

웃음

봄날

그날   서운

                            연필
                                              뒷모습
              알약
    사직서

                          생일
                                        정리

        빈방   낙엽
    꽃집
낯섬
              코트   첫눈   컵

  맥주   별
              부재

                              불면

      두시   기차

비행

                        안부

                                    약속
    밤 산책   트리

            아침

머뭇

                          장면

      이야기

제1부

낯설고 먼 곳의
오래된 성당에서

걸음

생각보다는 빠르고 마음보다는 느리게.
그러면 당신은 내 곁에 있다.

당신이랑 걷는 일. 나의 걸음은 빠르고 당신의 걸음은
느리니까 나는 언제나 걸음의 수를 센다. 어느 정도의
속도로 세면 되는 것인지, 그건 마음이 안다. 생각보다는
빠르고 마음보다는 느리게. 그러면 당신은 내 곁에 있다.

　누군가의 곁에서 걷는 일은 참 경이롭다. 삶의
의미를 온몸으로 체감하는 것이니까. 한여름 커다란
나무의 부서질 듯 흔들리는 잎사귀 아래서 느낄 수 있는
기쁨을 당신은 내게 준다.

　슬쩍 당신의 손을 잡아보고 싶다. 그러면 당신은
아마 놀랄 것이다. 놀라고 나서, 비켜설까. 아니면 우뚝
멈춰 설까. 아무것도 아니라는 듯 웃고 말지도 모른다.
마음이 수를 세는 속도가 느려진다. 어느새 앞선 당신이
나를 돌아본다.

　아냐 아무것도. 그런데. 당신과 나의 사이에 바람이
분다. 작은 것들 흔들리고 나는 그것들보다 당신이 좋다.

새삼 그렇게 생각한다. 그렇게 새삼 떠오르고 알게 되는
것들은 늘 맞는 것. 그렇지 않은 것들은 하나도 없어.
우기고 싶어지고.

　　다시 당신과 걷는 일. 마음의 숫자가 하나씩 떠올라
음악처럼도 들리고. 잠시 돌아본 당신의 표정을 나는 잊을
수가 없어서. 그래. 당신, 내가 당신을 좋아하는 것만큼
나를 좋아해주지 않아도 좋으니 그렇게 돌아봐주길
바란다. 이따금.

손금

나는 궁금하지 않았다.
시간이 어떤 모양으로 다가올지에 대해서.

귀에 손을 대고 한참 있었던 적이 있다. 손에는 소리가
없으니 아무것도 들리지 않는데. 그런데도 졸졸 물이
흐르는 것 같다고 그랬으면 좋겠다고 생각했던 적이 있다.

　　손을 내놓아보라는 소리는 참 온도 높지. 열이 열을
만나는 순간이니까. 당신이 나의 손금을 보아주겠다 했을
때 나는 깊어진 손의 땀을 슬쩍 닦았다. 나도 모르게.
당신이 몰랐으면 좋겠다고 생각하면서.

　　손금을 보던 당신이, 아프지 말아라 그렇게 말했다.
그리고 다른 말은 하지 않았다. 그냥 충분히, 충분히
웃었을 뿐이다. 그래서 나는 궁금하지 않았다. 시간이 어떤
모양으로 다가올지에 대해서. 그건 그것대로 오겠지.

　　당신의 당부처럼 나는 아프지 않으며 아무 일도 없다.
정말 아무 일도 없는 것일까. 모르겠어. 아프지 않기 위해
밥을 먹고 잠을 자고 그때의 당신처럼 충분히, 충분히
웃으려고 하는데.

다시 나는 손을 귀에 댄다. 아무 소리도 나지 않는데 물이 흘러가고 있다고 여기면서. 물이 흐르고 흘러서 내가 오래 살고 당신이 오래 살면 언젠가 다시 내가 당신에게 손을 맡기고 당신은 나의 손을 잡고 그렇게 될 날이 올 것 같아서.

졸음

지금은 마음도 당신도 슬픔도 없다.
그리고 나 자신마저도.

벌이 갓 핀 앵두꽃 속으로 들어간다. 앵두꽃 잎이 몇
장 떨어지며 뱅그르르 돌다가 착륙하는 모양을 본다.
이리저리 옮겨 다니는 벌과 한 장 두 장 떨어지는 앵두꽃
잎. 꽃잎은 벌이 다 떨어뜨리는 거였네.

아득해졌다. 모든 것이 고요하다. 나는 자리에
앉아서 움직이지 않았는데, 그건 아주 작은 조각구름과
같아 보이기도 하고 적적해보이기도 했을 것이다. 그러니
아득해졌다는 표현이 아니고서는 그때를 설명할 수 없다.

지금은 마음도 당신도 슬픔도 없다. 그리고
나 자신마저도. 어둡고 어색한 손을 볕 아래 말려두는
사람처럼. 나는 깜빡 졸았는지도 모른다. 아직
오지 않은 시간에 어쩌면 오지 않을 시간에 무거워진
머리를 기대듯이.

그동안, 시간은 지구의 둥그런 위를 미끄러지듯
지나갔을 것이다. 행성과 행성의 사이를 지나가는 바람이

하늘을 더욱 파랗게 만들어놓았을 것이다. 거리가 일제히
숨을 죽이고 빛은 언제나
먼 옛날의 것이 되었다. 그 아주 짧은 순간 정말 모든
것이 아름다웠을지도 모른다.

책상

꿈은 오늘 네게 찾아온 감정들이란다.

반쯤 찬 물컵. 읽다가 엎어둔 책. 볼펜과 연필 몇 자루.
뭉쳐버린 종이. 침침한 불이 밝혀 있는 스탠드와 그가
잠시 벗어둔 안경도. 처음부터 그 자리에 있었던 것처럼
자연스럽게 그것들은 흩어져 책상을 이루고 있다.

　　그 책상 앞에 앉아 두 손을 그러모은 채 그는
잠들어 있다. 의자에 기대어. 불편해 보이는데도 꼼짝도
하지 않고. 방은 쓸쓸하리만치 적막하다. 잠들기 전
그가 켜놓았던 음악은 한참 전에 끝났다. 새근새근
밀려들었다가 쓸려나가는 그의 숨소리만 규칙적이고
반복적으로 들리고 있다.

　　세상이 너를 재운 거야. 아주 작고 사소한 일마저
빠짐없이 모여서 너를 재우면 꿈을 꾸게 되는 거지.
꿈은 오늘 네게 찾아온 감정들이란다. 오늘의 감정들은
가루처럼 흩어져서 날아오지. 가만히 너의 이마에 쌓여서
여러 가지 모습으로 너를 사랑한단다.

방금, 누가 속삭여준 대로 그는 세상이 재운 듯 깊이 잠들어 있다. 잠시 창밖에서 있었던 자그마한 소란에도 깨지 않고. 정말 오늘의 감정들이 만들어준 꿈을 꾸고 있는 것일까. 어떤 간지러움이었기에 슬쩍 웃었을까.

일 초

당신이 눈을 깜빡이던 사이.

믿기 어렵겠지만 막 지나간 일 초 동안, 당신이 눈을
깜빡이던 그 짧은 사이에, 세상 모든 것이 잠들었다.
갑작스럽지만 아주 먼 옛날 이 지구 위를 걷는 사람이라곤
단 한 명도 없었던 그때부터 예정되었던 시간일 수도 있다.
너무나 자연스레 벌어진 일이니까.

　　그 순간 당신은 무슨 꿈을 꾸었을까. 바다 위로
쏟아져 내리는 잿빛 폭우와 그것이 내는 커다란 소리.
거대하고 기이하게 뒤엉키던 포말의 하얀 줄기들. 그 외엔
아무것도 없는, 고래의 검푸른 등마저 보이지 않는 그런.
혹은,

　　느슨하고 또 환하게 빛나는 어느 골목. 개도 짖지
않는 그 풍경 속으로 느리게 밀려 들어가는 바람의 한
구석. 그 때문에 반짝이며 흔들리는 것들. 작고 부질없이
자연스럽게. 이를테면 떨어지거나 붙어 있는 나뭇잎.
그리고 그것들이 흔들어 만든 아래를 걸어가는 사람의

심경. 또는,

　　좁고 길고 환한 시간. 멀리서 다가오는 누군가의 기척.
아주 작고 흐린 점으로 깃드는 오후 다섯 시. 푸른빛으로
빛나는 시간. 맺혀 있는 것들로 가득한 그때쯤 가늘게 눈을
뜨고 그를 알아보려는 노력.

　　그보다 더, 더 많은 꿈들. 당신도 모르게 지나간,
짧지만 거대한 시간과 공간. 모두가 꾸었던 일 초의 꿈들이
모여서 둥실 떠오른다. 하늘이 점점 높아져가는 이유는
거기에 있다. 동시에 기억하지 못할 그 시간이 한때를
그때로 아득히 만들어가고 당신은 영문도 모르고 울고
싶어졌다.

왼편

감정에도 기척이 있구나.
그럴 땐 돌아보지 않아도 되는구나.

어느 날 저녁 왼쪽 눈의 시력을 잃었다. 남은 생의 왼편이
지워져버렸다. 어쩐지 지나간 날들의 왼쪽도 함께.
시력을 잃는다는 것은 소리 없이 공간이 지워지는
일이라는 것을 왼쪽 눈을 잃은 그날 저녁이 되어서야
알게 되었다. 그로부터 나는 자주 놀란다. 불쑥 나타나는
누군가의 뒷모습, 멈춰 서는 자동차나 자전거 그런
아주 사소한 사건에도.
　　그럴 때마다 나는 나의 죽음이 왼쪽으로부터
찾아올지도 모른다는 생각에 사로잡히곤 했다.
한쪽으로만 찾아오는 상실감은 이런 것이다. 내가 보지
못하는 왼쪽에서의 당신. 이따금 왼팔에 스치며 존재하는
왼쪽의 당신. 왼쪽에서 나와 함께 나란히 그리고 조용히
걷고 있는 그런 당신. 웃고 있는지 슬퍼하고 있는지 생각에
잠겨 있는지 어떤지 애써 보려 하지 않으면 알 수 없다. 때론
당신을 놓칠 거라는 불안이 떠오르고 그럴 때마다 나는

걸음을 늦추며 사라져버린 당신을 기다린다.

올봄에는 다음과 같은 경험도 했다. 벚꽃이 쏟아지던 거리. 우리는 멈춰 있었고 아마도 무언가를 기다리고 있었는데. 나는 나의 왼편에 선 당신이 좋아하고 있다는 걸 알았다. 감정에도 기적이 있구나. 그럴 땐 돌아보지 않아도 되는구나. 여태 그런 것도 모르고 살고 있었다. 돌아보지 않았으므로 벚꽃 잎들은 불쑥 오른눈 앞에 나타났다가 사라지고 사라졌다 나타나길 반복하고 있었다. 문득 알고 싶어졌다.

나의 기적은 당신 오른편에서 안녕한지. 아니, 이러한 나의 기적을 당신이 알고는 있는지. 그래서 나를 보고 있는 것인지 아닌지. 여전히 나는 돌아보지 않았고 여전히 벚꽃 잎은 쏟아지고 있었고 당신은, 나의 왼편에 있을 거였다.

바람

오래전 일을 잊으려 안간힘을 다하는 것.

세상 다 날려버릴 것처럼 불던 바람이 갑작스레 잠잠해져
신기해하던 참이다. 창문들 덜컹인다. 또 한차례 바람이
지나가는구나. 창문에 손을 대어본다. 겨울이 끝이 났다는
것을 알겠다. 이토록 요란한 바람 끝이 차갑지만은 않으니.
　올봄엔 뭐라도 심어야지 생각을 했던 것도 같은데.
결국 작년처럼 한 일 없이 봄을 보낼 것이다. 결심은
사소하고 쓸모없지. 나뭇잎이 떨어진 자리에 동그란
새순을 내미는 저 나무처럼.
　한 해 한 해 버리듯 살아가고 있는 것은 아닐까.
새삼스러운 자책이 밀려들 때 나는 늘 지금과 같지
않았음을 떠올린다. 어떤 봄에는 씨앗을 심듯 기대를 품은
채 살아가기도 했었다. 아무것도 내 곁을 떠나지 않았던
그런 시절. 그와 함께 어떤 이름과 어떤 골목과 나란하던
그림자가 떠오른다. 그리고,
　창문에서 한 걸음 떨어진 자리에서 나는 별생각 다

한다는 듯 두 손으로 얼굴을 문질렀다. 그러나 서 있을 뿐 물러나거나 더 가깝게 다가서지는 않았다. 지금은 그럴 때라는 듯. 창가는 가끔 그 정도 거리로 사람을 붙들 때가 있다. 그 앞에 서서 사람은 오래전 일을 잊으려 안간힘을 다하는 것이다.

불안

사람은 감정을 발명하고 그 속으로
두 눈 감고 뛰어드는 것이지.

어느 저녁. 하루가 끝나가고 망설이는 기분이 찾아들 때.
뚜렷한 이유도 없이 좋지 않다고 중얼거리고 말 때.
전구의 노란빛이, 풀려버린 신발 끈이 어떤 일의 암시라고
여겨질 때.

　불안은 보이지 않는 것이 아니라 보이는 것이며.
보이는 것을 두려워하는 것이 사람의 본성이라고 애써
스스로를 달래보는 어느 저녁에 나는, 나는 너무 분명히
나이고. 오롯하게 나여서.

　그런 나를 잊어보기 위해 당신을 찾지만. 당신은
누구일까. 그런 사람이 있나. 없지. 없어서 사람은
감정을 발명하고 그 속으로 두 눈 감고 뛰어드는 것이지.
그런데 그럼에도 너무 많은 것이 명백해지고 마는 저녁에.

　단 하나뿐인 것들을 만져보는 것이다. 선물 받은 컵.
외국에서 사 온 볼펜. 내지에 오 년 전 일자가 적혀 있는
시집. 오른손이 만지는 왼손. 왼손에 반응하는

나의 오른손. 그러면 혼자가 아닌 게 아니라 혼자일 수밖에 없게 되고.

　　괜찮다가 아니라 괜찮지 않다가 되어서 그림자를, 딱 그만큼의 그림자를 만들게 되는 것이다. 이것은 내 것이 아니다. 빛의 것이며 그것은 슬프지도 아프지도 무섭지도 않으며 다할 때까지만 있는 것이다. 이런 저녁에. 다음 저녁에도. 아마득한 먼 옛날과 미래에도 저녁은.

목련

이리저리 흔들리는 것들로 가득해
숨이 다 막힐 지경이었다.

목련 없이는 봄을 좋아할 수가 없게 되어버렸어.
k는 바닥에 놓인 술잔을 가볍게 흔들면서 그래서 작은
소리가 나게 만들면서 말했다. 나는 그런 k의 술잔을,
술잔 속 술 위에 작고 예쁜 파동을, 그 흔들림을, 아니
흔들림의 흔적을 보고만 있었다.

　　어제는 어떤 골목을 걷고 있었지. 비가 내렸어.
빗방울이 너무 조그마해서 우산을 쓰기도, 쓰지 않기도
참 애매한 그런 비였는데 길 끝에 보란 듯 목련나무가
흰 꽃을 잔뜩 매단 채 서 있는 거야 글쎄. 그제야 봄이구나
봄비로구나 내 옷도 다 봄이구나. 그게 그리 좋더라고.

　　k가 왜 인상을 쓰는지 알지도 못하면서 나도 모르게
따라 미간을 좁혔다. 아닌 게 아니라 창밖은 봄밤. 이리저리
흔들리는 것들로 가득해 숨이 다 막힐 지경이었다.
그러나 어디에도 목련은 없었다. 혹시 있다 해도 어둠에
묻혀 보이지 않을 거야.

또 나는 굳이 목련 없이도 봄을 좋아할 수 있다고도
생각했지만 그런 말은 하지 않았다. k는 말이 없어졌는데
내가 동의를 해주지 않아 시무룩해졌는지, 아니면
그날 그 골목에서 마주한 그 목련을 생각하느라 그러는지
알 수 없었다.

벚나무

잊지 못한 것들을 되새기며
길을 따라 걷고 또 걷게 될 것이다.

새로 이사한 집 앞에는 천변이 있다. 천변 길을 따라
늘어서 있는 나무들이 모두 벚나무라는 것을 안 건
봄 즈음. 푸릇하게 돋아난 잎사귀들이 반갑지만은 않았던
것은 길을 따라 몰려들 사람들의 모습이 선했기 때문이다.

　　얼마나 소란스러울 것인가. 무리 지은 한낮의
사람들은 벚꽃 아래를 따라 걸어갈 것이다. 만개한
벚꽃이 모여들 이유가 되지 않는다는 것도 모른 채.
그리하여 길의 끝에 닿을 때쯤이면 자신이 무엇 때문에
거기에 있는지도 잊겠지. 어리둥절한 표정으로 걸어온
길을 돌아볼 것이다. 이런 못된 생각을 하면서

　　새벽의 벚나무 아래를 떠올려보았다. 그즈음에는
사람이 없겠지. 그리고 한밤의 벚꽃은 또 얼마나
아름다운가. 밤이 비치는 투명. 올봄 나는 새벽의 벚꽃
아래를 원 없이 걸어볼 수 있겠구나.

　　사실 새벽 벚나무 아래에는 비밀스레 감춰둔 뿌리

깊은 사연이 있지만 그에 대해서라면 나는 아무 말도
할 수 없다. 누구에게나 뽑히지도 흔들리지도 않는
이야기가 하나쯤 있으며, 깊은 밤 벚나무 같은 그것을
오래오래 잊으려 노력하는 법이다.

　아직은 좀 춥지만 곧 봄이 올 것이다. 봄이 오지 않은
적은 없다. 그러면 가득가득 벚꽃이 필 것이다. 그러한
어느 밤엔 나는 여태 잊지 못한 것들을 되새기며 길을 따라
걷고 또 걷게 될 것이다.

벚꽃

저렇게 만발하여 작별을 예비하는 것이
또 어디에 있을까.

그날, 요란하게 벚꽃이 피었다고 기억해. 계절을
생각해보면 그럴 리 없을 텐데. 하지만 그날은 꼭 그런
것만 같았다고 기억해. 참 추웠는데. 그렇게 떨었는데.
도무지 봄일 수 없었는데도, 지나쳐가는 고백처럼
벚꽃이 피어올라 한꺼번에 쏟아졌던 거였지. 그리고
그다음은 기억이 나질 않아. 그저 하얀 밤과 밤의 연속.
　　당신이 벚꽃을 좋아하느냐고 물어보았을 때
대답하지 못했지. 당신이, 벚꽃을 좋아해야 할지 싫어해야
할지 모르겠다고, 봄마다 벚꽃이 피고 떨어질 때마다
떠오르는 사람이 있어 그렇다고, 내내 그렇기만 하다가
봄이 다 간다고 그랬을 때에도 나는 대답하지 못했어.
그저 그날 당신이 입었던 하얀 웃옷이 오래 기억이 날 것
같다는 생각만 했지. 아마 우린 떨어져 걸었겠지. 그런
사이였으니까. 막 핀 벚꽃의 다음처럼. 좋아해야 할지
말아야 할지처럼 궁금하기만 한 그런 사이.

나는 여태 대답을 마련하지 못해 벚꽃이 피고
질 때 군색해지곤 해. 아픈가 괜찮은가 거기에 있나 또는
없나. 저렇게 만발하여 작별을 예비하는 것이 또 어디에
있을까 싶은데 당신을 생각하면, 그 봄은 짧았어. 너무.

첫사랑

모두가 같은 온도로 빛나는 그 시간에
유독 하나가 다른 빛으로.

저녁 무렵 운동장은 따뜻한 색으로 빛난다. 농구를 하는
아이들의 하얀 셔츠도, 골대를 향해 날아가는 축구공도,
하나둘 따로 또 같이 교문을 향해 가는 아이들의 까만
머리카락도. 즐거움만큼이나 아픔도 많았던 그 시절을
품어주는 것은 온도라는 걸 뒤늦게야 알게 되지.

이런 장면도 있다. 열린 창문으로 들어오는 바람.
부풀어 오르는 낡은 커튼. 왁자지껄한 하교 시간의 소란이
잦아들어 찾아오는 어색한 고요. 그 뒤를 따라오는 평온.
그때만큼은 교실도 포근해진다. 누군가 복도를 따라
뛰어가는 소리가 이곳이 학교임을 일깨워주기도 하지만.

거기 그녀가 있다. 혼자 있다. 무심히 운동장으로
향한 눈길을 거두지 못하고 있다. 무언가 보여서도
보고 싶어서도 아니다. 그냥 그 장면 중 하나가 되어서
멍하니 먼먼 훗날까지 잊지 못하고 기억할 시간 속
정물이 되어 있다.

그녀가 왜 그 시간에 창밖을 보고 있었는지는 알 수 없다. 주번이었을 수도 있겠지. 그런 건 중요하지 않다. 따뜻한 빛으로 가득한 학교 운동장 끄트머리, 손톱만큼 작게 보이는 교문에 눈이 간 것 역시. 그 모든 게 우연이고 마음을 움직이는 것은 우연이 가진 힘이다.

그녀는 한 뒷모습에, 아득할 만큼 작게 보이는 어느 뒷모습에 눈이 갔다. 그게 누군지 알았다. 고민할 필요도 없이 떠오른 이름이 있었다. 아, 하고 작게 감탄인지 탄식인지 모를 외마디 말을 입 밖으로 내고 말았다.

어째서 그 아이를 그토록 멀리서도 알아볼 수 있는지. 하나둘 따로 또 같이 모두가 같은 온도로 빛나는 그 시간에 유독 하나가 다른 빛으로 보였는지 알아차린 그녀는 자기도 모르게 얼굴이 빨개졌다. 어쩌면 노을 때문에 그렇게 보였는지도 모르겠지만.

자리

사람의 일은 대개 비밀스럽고
누구도 알 수 없는 것이니까.

그는 미술관에 와 있다. 그림을 볼 생각은 하지도 않고
계단참 창가에 앉아 있다. 간지럽게 넘어오는 햇살을
등지고 음악을 들으며. 유난히 추웠던 겨울의 끝 무렵이다.
그는 그 사실이 좋지도 싫지도 않다.

그가 미술관 계단참에 앉아 있는 그날은 평일.
충동적으로 월차를 내버렸다. 회사 생각 같은 것은
아예 지워버린 모양이다. 그는 그런 사람이 아닌데도.
사실 그는 그림에는 흥미도 아는 바도 없다. 그러므로
꼭 거기, 그 자리가 아니어도 되는데 그는 거기,
그 자리에 앉아 있다.

그 미술관의 창가 자리. 오래된 자판기와 플라스틱
벤치가 있는 그곳의 빛 속에, 부유하는 먼지들에 대해
말한 사람은 그녀였다. 그는 그것을 기억하고 있었다.
그는 언제나 그녀의 말을 유심히 듣지.

한 시간도 넘게 그는 그 자리에 앉아 음악을 듣고

있다. 어쩌면 그녀가 올지 모른다고 믿는지도 모른다. 문득 누군가 계단을 따라 올라오는 소리가 들리는 것도 같고 그에 맞춰 그의 그림자가 조금 더 길어진 것도 같지만, 그는 아무것도 모른다.

아무튼 오늘은 평일. 햇살이 따뜻한 그해 겨울의 끝날. 미술관 계단참에 한 남자가 따뜻한 볕을 등진 채 어두워져가고 있지만 사람의 일은 대개 비밀스럽고 누구도 알 수 없는 것이니까 다음의 일들은 궁금해하지 않기로 한다.

일기

내 이름이 그의 이름 쪽으로
기우듬해진다 싶던 어느 날.

지난날들의 일기를 써야겠어. 마음먹었지만, 어째서
지난날의 일을 불러내려 하는 것일까 나는. 스스로도
납득할 수 없었다. 하지만 어떤 일들은 설명할 수 없지.
그렇게 과거의 일기를 쓰기 시작했다.

　　주로 짧았지만 때로 길게 적기도 했다. 쓰면 쓸수록
저 날과 그날, 어떤 일과 그런 일, 이 사람과 저 사람이
뒤섞여버리고 말았고 결국 모두 한날이었던 듯 느껴지기도
했다. 하지만 무슨 상관이람. 이미 지나가버린 일들인데.
기억은 나만의 사정이다.

　　어느 날쯤에서부터 그 사람이 등장하기 시작했다.
각오한 일이었다. 일기 속 그 사람은 걸어가고 밥을
먹고 책을 읽고 이따금 내 곁에 앉았다. 그 사람은
자기 이름을 아주 예쁘게 쓸 줄 알았다. 자기 이름을
예쁘게 쓰는 사람을 믿지 마. 조심해야 해. 그렇게
알려준 건 그 사람이었는데. 내 이름이 그의 이름 쪽으로

기우듬해진다 싶던 어느 날, 그 사람은 나를 떠났다.

그에 대한 일기들을 한참이나 들여다본다. 어쩐지
모두 꾸며낸 말들 같다. 기록은 언제나 그렇다. 제멋대로
색을 입히고 온도를 만들어 변한다. 그가 떠난 날 오후는
어떤 구름을 날렸더라. 기억나지 않는다. 그가 나를
떠난 이유도. 그때는 알고 있었던 것 같은데. 어쩌면
그때는 모르고 싶었고 이제는 알 필요가 없는지도 모르지.

어디서 울음소리가 들리는 것 같다. 그 소리, 가깝게
들리다가 이내 멀어지며 점점 사라져간다. 그리고
다시 아무도 울지 않는다. 혹시 그때의 내가 울던 거였을까.
궁금해하지 말아야지. 이 밤처럼, 작게 빛나는 것만
몇 흔적처럼 남아 있을 뿐 이미 지나가버린 일이다.

고양이

그녀가 표정으로 먼저 웃고 뒤따라
소리를 낸다는 것을 나는 몰래 알고 있다.

고양이 보실래요? 아, 그럴까요.

그녀는 자리에서 일어나 뒤쪽으로 나 있는 철문으로
다가갔다. 고양이 털에 알레르기가 있다는 사실을 말하지
않았다. 그 때문에 크게 혼난 적이 있다는 사실과 그래서
약간은 고양이 보는 일이 무섭다는 얘기 역시.

빛의 흔적이 어룽대는 구름 낀 공중. 숨어 있는
베란다를 둘러싼 난간. 큰길로 비스듬히 지나간 어떤 사람.
거칠어 보이는 시멘트 바닥과 휑뎅그렁하게 남아 있는
사료 그릇 그리고 그녀와 나. 이 모든 것들이 함부로 그려진
그림, 같다고 생각했다.

고양이가 없네요. 그래요? 어디로 갔을까. 고양이
일로 바쁜가 보죠. 그런데 이거 아세요? 고양이는 목숨이
아홉 개래요. 그리고 사람은 두 개. 목숨을 한 개 두 개
이렇게 세나요. 글쎄요.

그녀가 표정으로 먼저 웃고 뒤따라 소리를 낸다는 것을
나는 몰래 알고 있다. 얼마 전 너무 짧게 잘라 어색하다는
머리카락 끝이 그녀의 귀밑에서 흔들렸다. 나는 이것들을
한꺼번에 보았다. 두 사람 중 한 사람은 보고 다른 한 사람은
보지 못하는 시간. 그리고.

　　언제나 조금 늦게 온다. 내 안 무언가가 주춤했고
누군가 양철 계단을 따라 올라가는 소리가 들렸기
때문이라고 생각했다. 그리고……. 더 무엇이 남았나.
함부로 부려놓은 농담이 조금씩 움직여 그녀가 있고
고양이는 없다. 나는 웃지는 못했다.

　　고양이는 어디로 갔을까요. 글쎄요. 하지만 이 동네엔
고양이가 많아요. 쓸쓸하지는 않겠네요. 누가요. 누구든
말예요. 그럴까요. 네, 그렇겠죠. 아마도.

주인

내 몸과 마음의 주인은 내가 아니어서
나는 꼼짝없이 그곳으로 가고 있다.

좀처럼 늦출 수 없는 걸음이 있다. 늦은 것도 아니며
서두른다 하여 달라지는 게 없다 하더라도. 그럴 때
나는 내 마음의 주인이 아니고 내 몸의 주인도 아니어서
가빠오는 숨만 다스리려 노력할 뿐이다.

그렇다면 내 마음과 몸의 주인은 누구인지 그런 것에
대해서 생각하지 아니하려 노력한다. 귓불이 뜨거워지는
이유는 나도 알 수 없지. 이건 내 몸이 하는 일이니까. 그새
마음이 몸속 어딘가 따뜻한 불을 지피고 있는 모양이다.

일찍 닿을 그곳에 무엇이 있는지는 모르나, 당신이
없을 것은 알고 있다. 지금은 당신이 회사 책상에 앉아서
어떤 골몰에 빠져 있을 시간. 당신의 머릿속 가득한 것은
밀린 일일 수도 있고 닥쳐올 일에 대한 예감일 수도 있다.
분명, 내 생각은 아닐 것이다.

걸음이 조금 느려진 것은 결코 섭섭함 때문이 아니다.
이미 알고 있는 일이니까. 불쑥 어딘가에 숨어 있고 싶다.

뒤늦게 온 당신이 먼저 온 것이 되게끔. 두리번거리며
나를 찾는 모습을 보고 싶다. 뒤늦게 온 척을 하며 한껏
미안해하고 당신이 원하는 것 다해주겠노라, 화를
풀어주고 싶다.

　　그러나 내 몸과 마음의 주인은 내가 아니어서 나는
꼼짝없이 그곳으로 가고 있다. 내가 당신을 기다리고
당신이 지친 걸음으로 찾아올 그곳으로. 그렇게 되도록
되어 있었다. 실은.

대화

앞에 놓인 시집을 다시 펼친다.
글자들, 날아가버렸는지. 보이지 않는다.

오랜만이네. 응 그렇네.

갑자기 나타난 네가 내 맞은편에 앉는다. 마주 볼 수
없어 눈 돌린 창밖에는 빈 벽. 빈 벽에는 환한 빛줄기 몇 개.

영화 보려고? 응. 나도.

하지만 나는, 같은 영화인가 봐. 하고 말하지 않는다.
말하지는 않고 벽 위에 앉은 작은 새 두 마리를 본다. 금방
날아오를 듯 그러나 날아가지는 않고, 그런 오전. 우연히
너를 만나기엔 좀 이른 시간인데.

아마 같은 생각을 하고 있겠지만, 너 역시 생각을
꺼내놓지 않는다. 너와 나는 비스듬하게 마주 앉은
자리에서 자신의 커피를 홀짝이는 중이다. 여전히 길고
가는 손가락. 그새 빈 벽 위에 새 두 마리가 지워져 있다.
빛줄기의 자리도 조금 움직였을 것이다.

그래서, 요즘은 뭐하니? 잠깐 쉬고 있어. 그만뒀어?
나도 그만뒀는데.

알고 있다. 들었으니까. 잠시 생각해본다. 누구에게
들었을까. 너는 나인지 내 뒤편 어떤 것인지 알 수 없는
쪽으로 시선을 던지며 그저 침묵한다. 침묵이 길고 가늘게
놓였다. 네 손가락처럼.

　　나 먼저 일어날게. 영화 시간이 다 됐거든.

　　거짓말. 아직 아니잖아. 이십 분이나 남았는걸, 하고
나는 말하지 않는다. 어쩌면 같은 영화가 아닐지도 모른다.
아니, 아닐 것이다. 웃으며 손을 흔들어주고는 앞에 놓인
시집을 다시 펼친다. 글자들, 날아가버렸는지. 보이지
않는다. 영화를 볼 마음과 함께.

아이

나는 알았다. 그 침묵이 아이를 키울 것이다.

그 아이는 얼굴이 하얗고 키가 컸다. 그곳은 버스 정류장.
들고 나는 사람들로 언제나 북적이는, 시내와 시외 사이
길목. 막 버스가 한 대 도착했고 지친 사람들이 일으키는
요란함이 뒤섞이고 있을 때.

아이는 울 것 같은 표정으로 웃고 있었다. 나도
모르게 울지 마. 울지 마. 제발. 하고 말할 뻔했다. 그랬다면
그랬었다면 울지 않았을까. 물러나지도 다가가지도 않고
나는 주머니에 손을 넣었다. 어떤 결심처럼.

전구 아래 사람들은 웃거나 먹고 있었을 것이며
몇몇은 비스듬하게 걸어가고 다시 몇 번인가 버스가
도착하고 떠났을 텐데 나는 보지도 듣지도 못하고 있었다.
그런 것을 작별이라고 했던 것 같다. 그저 멈춘 것과
같은 현상.

얼굴이 하얗고 키가 크고 마음이 착한 아이는 침묵을
지키며 서 있었다. 나는 알았다. 그 침묵이 아이를 키울

것이다. 아니 사실은 그렇게 믿고 싶었다. 자라서 어른이
된 아이가 벌써 보고 싶고 또 그리웠다. 알 것 같아서
가슴속으로 밤공기가 어둑하게 차올랐다.

벌써 십 년도 넘은 이야기. 때로 나는 궁금하지만
알고 싶은 것이 무엇인지는 알 수 없다. 어쩌면 이미 알고
있는지도 모르지. 나는 가끔 그 정류장에 간다. 여전히
그곳에는 버스가 도착해 우르르 사람들 태우고 떠난다.
그것이 정류장의 오래된 풍경이고 그 풍경이 풍습처럼
여러 사람을 울렸던 것을 알고 있다.

지움

마음이 개나리 가지처럼 낭창해졌다.
역시 그 까닭은 알 수 없었지만.

개나리가 피었어. 봤어?

　문자를 보내려다가 멈칫했다. 아니 멈춰버렸다.
그의 전화번호가 없었기 때문이다. 잊고 있었다.
전화번호를 지워버렸다는 사실을. 이해할 수 없었다.
문자를 보내려 했다는 이유를.

　좀 춥다고 개나리가 참 늦은 봄이었다. 아직도
울창하다고 할 수는 없을 테지만 어쩐지 이번 봄엔
딱 이만큼만 피지 않을까 싶었다. 이렇게 차가운 봄은
난생처음이니까. 그런데, 잘 모르겠어. 왜 그 사람이
생각난 거지.

　그는 언제나 겨울에 있다. 입김을 날리듯 말을
하는 사람. 검은 코트가 잘 어울리는 사람. 그 속에서 가는
몸을 떨고 있는 그런 사람. 그런데 겨울을 지나 봄이
되어서야 그를 떠올렸구나.

　화가 나거나 슬프기보다는 미안해서 마음이 개나리

가지처럼 낭창해졌다. 역시 그 까닭은 알 수 없었지만. 찍어놓은 개나리 사진을 내려다보았다. 아무래도 그와 개나리는 어울리지 않아. 바짝 마른 가지면 몰라도. 애써 생각하며 지워버렸다.

웃음

아주 환한 빛이 그녀의 이마 위에 떨어졌다가
이내 구름에 가려 사라져버렸다.

턱을 괴고 창밖을 보던 그녀가 슬쩍 움직였다. 다리의
방향을 바꿨을 거라고 짐작했다. 무슨 말을 해야 할지
모르는 만큼 어디에 눈을 두어야 할지도 알 수 없어, 음료를
보내주지 않는 주방 쪽으로 시선을 고정했다. 커피 한 잔이
만들어지는 시간만큼의 어색함. 혹은 곤란함.

친구의 생일 파티에서 만나게 된 사람이었다.
의례적으로 명함을 주고받았을 뿐 대화를 나눈 기억은
없었다. 전화가 걸려왔을 때도 목소리를 들은 다음에도
나는 그녀를 짐작해내지 못했다.

그러나, 이상한 일이지. 몇 마디 나누지 않았는데도
금방 그녀의 얼굴을 떠올린 거였다. 그것도 아주 또렷하게.
다만, 만나자는 자리로 나오기 전까지 확신할 수는
없었는데, 만약 그녀가 내가 생각하는 사람이 아니라면
나는 실망했을까. 그런 것이 궁금하긴 했었다.

꼭 눈이라도 올 것처럼 날이 포근해요. 마침내

그녀가 입을 떼었을 때 나는 대답하는 대신 그녀의 시선을
따라 처마와 맞은편 건물 사이, 살짝 드러난 하늘을
올려다보았다. 오늘 기온이 어땠더라.

　　눈이 마주쳤다. 아주 환한 빛이 그녀의 이마 위에
떨어졌다가 이내 구름에 가려 사라져버렸다. 저 좀
웃기죠. 그녀가 물었다. 나도 모르게, 기다렸다는 듯
고개를 끄덕였다. 그녀는 웃었다. 눈앞에 선하다. 그랬다.
그랬었다.

봄날

낯설고 오래된 소도시에서 그녀는 그와 함께 있다.

풀린 신발 끈을 묶는 그의 등이 환해서 그녀는
미간을 좁힌다. 오래전 추억을 다시 만났다는 듯 숨도
쉬지 않고, 웅크린 그를 보고 있다. 바람은 그치지 않고
분다. 기차역에서부터 그랬다. 이곳은 아마 바람으로
기억될 것이다. 손차양을 한 채 그녀는 일기장에 적을
첫 문장을 떠올렸다.

배가 고팠지만, 내키는 식당을 찾지 못했다. 그녀는
내색하지 않았다. 그는 그저 관광 안내소 앞에 붙어 있는
지도와 버스 시간표를 들여다본다. 가까운 저수지까지
가는 버스가 곧 도착할 거였다. 그는 저수지 그림 위에
손가락을 대고, 저수지 이름을 소리 내어 읽는다.

도착 예정 시간을 넘겼음에도 버스는 도착하지
않는다. 그는 버스가 올 방향을 바라본다. 그녀는 찬찬히
그의 표정을 읽어볼 수 있을 만큼 떨어져 있다. 그의 눈썹에
맺힌 작은 땀방울. 이렇게 바람이 부는데, 아직 여름도

아니고 그는 그늘에 있는데도. 그녀는 그것을 닦아주고
싶다. 봄날의 시간이 흘러간다.

그들은 아직 돌아갈 기차 시간을 알아보지 않았다.
그녀는 그렇다는 사실을 알고 있다. 그럼에도 그냥 덥네요,
하고 만다. 그는 무언가 대꾸할 말을 찾기라도 하듯,
입술을 달싹대지만 그러고 말 뿐이다. 몰래. 여름에 가까운
봄날. 낯설고 오래된 소도시에서 그녀는 그와 함께 있다.
멀리 버스가 한 대 오고 있으나, 그들이 타야 할 버스인지
아닌지, 그녀는 궁금하지 않다. 마음이 저수지인 듯
찰랑거렸으므로.

얼굴

기억한다. 어떤 날의 옷. 다른 날의 웃음소리.
갈색 책상 위에 놓여 있던 두 손도.

그의 얼굴을 떠올릴 수 없었다. 책을 꺼내려고 몸을 한껏
곧추세워놓은 참이었다. 그대로 한동안 있었다. 어떤 책을
꺼내려 했는지, 왜 그를 생각하게 되었는지도 잊어버린 채.
이제 나는 그를 지운 것일까.

아니. 다른 것들은 분명히 기억한다. 어떤 날의 옷.
다른 날의 웃음소리. 갈색 책상 위에 놓여 있던 두 손도.
늘 손을 감추던 사람이었지. 여전히 나는 그를 알고
있는데 얼굴만은 도무지 기억해내지 못한다. 책장에서
손을 거둔다.

그래요, 하던 목소리가 떠올랐다. 자주 그렇게
말하곤 했지. 주저하듯 말을 꺼낼 때. 낙심한 듯 말을
거둘 때에도 그래요, 라고 했었다. 그는. 그간 모든 일이
다 없던 게 되어버리던 그날도 오래 침묵하던 끝에, 그래요.

얼굴 없는 그가 어떤 날의 옷을 입고 다른 날의
웃음소리를 내며 손을 감춘다. 그러곤 그래요, 하고

말을 시작한다. 나는 그런 그에게 그런가요, 하고
되물을 수 없다. 얼굴이 없으니 이제 세상에는 없는
사람이 되어버린 당신.

　　그러나, 불쑥 떠오를 것이다. 무언가를 적고 있을 때.
그러다가 어떤 책이 필요해질 때. 그리하여 한껏 몸을
세워 책장 제일 높은 곳에서 그 책을 뽑으려 할 때. 그때가
되면 나는 그래요, 하던 목소리를 잊을지도 모르지. 그렇게
차츰 지워갈 것이다. 더는 아무것도 남지 않을 때까지.

안녕

내가 두려워하는 것은 잊지 못하는 것이 아니라
잊히지 않는 것.

작별 인사는 하지 못했다. 대신 꼭 끌어안아주었다. 봄을
마치고 여름을 채비하는 나무들 아래서. 후회하겠지만
결국은 잘했다 싶어질 마음이었으니 바람 한 점 없는,
오래 기억할 봄밤이었다. 외투 주머니에 들어 있는 지난해
영수증처럼 의미 없는 일이다. 우리는 어쩜 이리 매번 별
볼 일 없이 잊지 못하는 것일까. 미동도 하지 않는 기억들.

그날 버스 안에서 허물어져버린 마음은 아직
간직하고 있다. 몹시도 울던 나의 등을 누군가
토닥여주었다. 위안이 아니었다. 이해였다. 그렇게 우는
날도 있다는 거였다. 울음소리를 나누어 받은 그날 밤
버스 속 승객들은 그 울음을 어디에 두었을까. 그것은 고장
없이 울고 있을까. 몰래 꺼내 들어보는 이가 아직도 있을까.

이제 나는 더 이상 울지 않으므로 그것은 내 것이
아닐 것이며, 어딘가 남아 있다 해도 그것을 들어볼 용기가
이젠 없다. 내가 두려워하는 것은 잊지 못하는 것이 아니라

잊히지 않는 것이다. 아무리 근사한 언어로 포장한다 해도
남은 것들은 근사해지지 않는다. 그리고,

　　　지금은 온통 흩어지는 것들뿐이구나. 돌이켜보면
몇 겹의 순간들 그 얇고 투명한 마음이 속을 내비칠까
두렵기만 한 밤이었다. 아직 나는 그 밤의 버스를 타고 있는
그런 기분에 사로잡히기도 한다. 멀리까지 가고, 거기서
돌아오는 어두컴컴한 심정. 그때 인사라도 해두었더라면
분명 더 좋았을 거라고 되새기면서.

거리

멀리서는 알 수 없었던 것들을
가까워지게 되면 알게 되니까.

어느 날 불쑥 그를 좋아하게 된 것 같다. 나는 그것이
냄새 때문이라고 생각했다. 마주 대할 때나 지나칠 때
문득 느끼게 되는 그것은 아마 샴푸의 향내가 아닐까 하고
생각했다. 물론 나는 그에게 어떤 샴푸를 쓰는지 물어보지
않았다. 우리는 그럴 사이가 아니었으므로.

　　그 향은 샴푸의 것이 아닐 수도 있다. 어쩌면
향수이거나 화장품 혹은 특유의 체취일 수도 있다.
그럼에도 나는 샴푸라고 생각했으니, 그것은 아마도
특별한 경우에만, 그것도 예상할 수 없는 상황에서만
맡을 수 있기 때문일 것이다. 아무튼.

　　나는 그 샴푸 냄새를 알고 있다. 묘사할 방법은 없다.
그러니 전달할 수도 없다. 전달할 수 없으니 모두에게 같게
느껴질 거라 여길 수도 없다. 가끔, 그 냄새를 나만 알고
있는 것인지 확인해보고 싶지만 누구에게도 말할 수 없다.
그저 이 냄새는 오롯하게 내 것이라는 생각을, 속삭이듯

해보곤 하는 것이다.

　그건 거리의 문제야. 내가 그와 그의 샴푸에 대해서
이야기를 했을 때 k는 그렇게 말했다. 그건 거리의 문제지.
k는 반복해서 말했다. 그에게는 두 번씩 연이어 말하는
습관이 있다. 나는 그게 싫지 않다.

　k에 따르면, 나와 그가 가까워졌기 때문이다.
멀리서는 알 수 없었던 것들을 가까워지게 되면 알게
되니까. 그 냄새는 그러한 앎에 대한 근사한 비유가
아니겠어. 그럴까. 하지만 k. 어째서 냄새인 거지. 어째서
그리로부터 알게 된 것일까. 나는 그를.

　하지만 나는 그렇게 말하지 않았다. k와
헤어져 돌아오면서 나는 샴푸 냄새의 주인을 생각했다.
잠시 코끝을 스치는 냄새가 있었고 주위를
두리번거렸지만, 있을 리 없지. 하지만 기분이 좋아져서
조금 더 걸어볼까, 싶어지기도 했다.

성당

일렁이는 촛불의 빛처럼 멀다가 너무 멀지는 않게.

내부는 어두웠다. 성당의 역사만큼이나 오래된 의자들이 길게 놓여 있었다. 그리고 드문드문 앉아 있는 사람들. 그들은 서로 거리를 두고 싶은 것이다. 너무 멀지는 않게. 간절함이란 건 그런 모양이 아닐까.

나는 한 사람을 생각하고 있었다. 아니 생각하게 되었다. 그 사람 생각은 내 의지와는 아무런 상관없이 찾아왔다. 성당만으로 떠오르는 그 사람 생각을 그래서 나는 되도록 천천히 하려고 애를 썼지만,

그건 불가능한 일이지. 이미 알고 있었다. 여행을 시작할 때부터 그랬다. 하나씩 챙기고 담아 어깨에 멨을 때 나는 모르고 마음은 알고 있던 감정이 어둑어둑한 내부를 밝히고 있다. 일렁이는 촛불의 빛처럼 멀다가 너무 멀지는 않게. 이럴 때 나는 어떻게 해야 하나.

본적은 없지만, 그 사람은 기도를 할 줄 알 것이다. 한 번쯤은 나를 위해서 기도해주었을 거라고 믿는다.

그때의 기원이 이루어졌을까. 나는 자리에 앉아 눈을
감는다. 아무것도 보지 않기 위해서.

눈을 꼭 감고 두 손을 맞잡았다. 이 낯설고 먼 곳의
오래된 성당에서. 촛불의 그림자처럼 무한하게 일렁이며.
한참을 나는 그러고 있었다. 천천히 오는 것은 없을지도
몰라. 그러나 그래도 괜찮을 것이다.

손톱

이젠 없는 그에게 묻고 싶어지는 오늘은 그런 날이었다.

거실에 앉아서 손톱을 깎던 사람을 생각한다. 신문지를
펴놓고선 왼손 엄지손가락부터 차례차례 조심스레
깎아나가며 그는 어떤 음계를 흥얼거렸다. 단조롭게.

　꼭 그런 햇빛이 마루를 따라 흘러내렸다.

　창밖은 아무도 없을 것 같은 일요일 오전. 조금이라도
더 자고 싶었을 것 같은데 그는 일요일이면 평소보다 일찍
일어나곤 했다. 어렸을 적의 버릇 때문이랬다. 조금이라도
더 놀 수 있는 날이라서.

　또박또박 손톱이 떨어져 나간다. 길어져 귀찮아질
때까지 기다렸다가 그리 짧지도 길지도 않게 손톱을
깎아내는 그는 손도 손톱도 참 예쁜 사람. 그리고 그런
것을 스스로도 잘 알고 있는 사람이었다. 나는 그런 그가
대수롭지 않게 손톱을 깎아내는 그런 모습을 좋아했다.

　아침 볕은 서늘한 구석을 숨기고 있었다. 그림자를
보면 알 수 있었다. 하늘이 점점 파랗게 부어오르는 시간.

손톱들이 이리저리 튕겨 나갈 때 그가 흥얼거리던
　　　무슨 곡이었지. 신문지 바깥으로 벗어난 손톱을
꾹꾹 눌러 신문지 위로 올려두던 것으로도 모자라 얇은
손바닥으로 주변을 쓸어보던, 그렇게 모인 손톱들을
신문지의 가운데로 모아 조심스레 버리던, 이젠 없는
그에게 묻고 싶어지는 오늘은 그런 날이었다.

전생

아주 먼 옛날 당신이 그린 작고 순한 구름.

아주 먼 옛날 당신은 그러니까 당신이 태어나기 한참 전 당신은 아마 구름을 그리는 화가였을 것이다.

그런 당신이 그리지 못하는 구름은 없다. 당신은 보이는 곳 너머 보지 못한 곳에 있는 구름까지 그릴 수 있었다. 새하얀 천 위에 당신이 그린 구름은 금방이라도 떠내려가버릴 듯 생생했다.

뭉게구름 양떼구름 먹장구름 새털구름 떼구름 구름, 구름들. 당신은 붓이나 연필을 들다 말고 구름의 이름을 소리 내어 되뇌어보는 버릇이 있었을 것이다. 당신의 발음은 구름처럼 부드럽고 아름다웠으리라 짐작한다.

그런 당신의 목소리를 사랑하는 사람이 있었다. 당신은 그이가 왜 당신을 사랑했는지 모르지만 당신도 그 사람을 사랑했을 것이다. 믿었으므로. 대개 사랑은 그런 것이다. 그리고,

당신은 그 사랑을 느낄 때마다 또 구름을 그렸다.

당신의 비좁은 아틀리에는 점점 구름들로 차올라 가득해졌다. 구름과 구름 속에서 당신은 구름을 그렸고, 구름의 이름을 발음했을 것이다.

당신의 맑은 구름들은 서로 몸을 포개어 빛방울과 빗방울을 떨어뜨리고 지상에 떨어진 구름의 조각들은 다시 공중을 꿈꾸었을 것이다. 생은 눈부시도록 빠르게 지나가버린다. 그중 몇몇은 전생으로 돌아가 아름다웠겠지.

당신의 사랑은 이루어졌는지. 당신의 구름들이 제값에 아틀리에를 떠났는지. 그리하여 당신은 계속해서 구름을 그릴 수 있었는지 알 수 없다. 그저 나는 내가 아주 먼 옛날 당신이 그린 작고 순한 구름이었으면 좋겠다고 생각한다.

장대비

쓸쓸함은 나의 하잘것없는 습관에 불과하다.

유월이 되면 한두 차례 장대비가 내린다. 어김없는 일이다.
세찬 빗줄기를 보고 있으면 이제는 곁에 없는, 사라진
것들을 생각하게 된다. 비와 쓸쓸함. 그 속에서 나는 처마
아래 사람처럼 막막해지는 것이다.

　며칠 전에는 또 우산을 잃어버렸다. 이번에는 푸른색
우산이다. 그간 나를 떠난, 내가 떠나보낸 우산들은
어딘가의 한구석에 비스듬히 서 있을 것이다. 그러니
안심이기도 하다. 우산은 존재하길 그치지 않기 때문이다.

　그 우산들은 나의 비 오는 날들을 알고 있다.
그들 아래서 나는 걸었고 서 있었고 어느 날은 울었다.
나는 그들을 버스나 지하철 안에 커피숍 의자 아래 도서관
우산꽂이에 두고 잊었으며 얼마 지나지 않아 그들을
잃었다는 것을 깨달았고 되찾으러 가지 않았다.

　그러니 쓸쓸함은 나의 하잘것없는 습관에 불과하다.
찾으러 가지 않은 곁에 없음은 부재가 될 수 없으므로.

그것은 어느 어두운 구석에 기대 서 있을 뿐. 나의 우산들. 평생 다시 만날 일은 없겠지. 남은 삶을 다 살아보지도 않고서도 안다 할 수 있는 일도 있다.

우산도 없이, 비가 내리는 창밖을 보는 지금에 와서 나는 내가 잃어버린 푸른색 우산이 이번에는 어떤 구석을 찾아갈지 생각해보고 있는 중이다. 부디 그 자리가 아늑하기를 젖을 걱정도 없이 잊혀져갈 그곳에서, 한때의 이야기를 한껏 펼칠 수 있기를 유월의 장대비를 보며 바라는 것이다.

우산

우리가 바라보는 저 고요하고 차분한 물건은
언제나 당신의 구석에 놓여 있다.

이것은 어떤 그림, 어쩌면 당신이 보았을 바로 그 그림 속
우산에 대한 이야기이다.

　　우산의 첫 주인은 어깨가 넓은 사내. 그의 몸을 다
가리기에 우산은 너무 작고 까매서 남자의 한쪽 어깨는
비가 올 때마다 젖곤 했다. 그래도 그는 그 우산을 소중히
대했고 비가 오면 늘 그 우산을 들고 길을 나섰다.
어느 여름의 초입 사내는 엉망으로 취해 버스에 탄 뒤
우산을 두고 내렸다. 우산은 사내의 손을 잊지 못했지만
얼굴은 떠올릴 수 없어 둘둘 몸을 말았는지도 모른다.

　　급히 비가 쏟아지던 날 여자애는 오빠가 주워놓은
우산을 들고 학교에 갔다. 강의실에서 식당으로
도서관으로 옮겨 다니는 동안 비가 그쳤다. 우산의 흔적이
가늘어졌다. 젖은 것들을 말려가는 한낮의 기분, 여자애는
학교 앞 커피숍에 우산을 두고 또각또각 걸어갔다.
우산은 아무렇지도 않은 척, 꼭 그런 모습으로 벽에

몸을 기대고 있었다.

우산은 어떤 가족을 잊지 못한다. 아버지, 어머니
아들 하나, 딸 둘과 보낸 어느 해 장마 중에 아버지가
죽었다. 가족들은 우산을 쓰고 내내 울었다. 슬퍼할
시간은 왜 늘 모자란 걸까. 우산은 늙어버렸다. 부러진
살대와 낡아버린 천 조각으로는 슬픔은커녕 기억을
가리기에도 부족했다.

화가의 방 한가운데에 활짝 펴진 채 우산은 생각했을
것이다. 눈이 있었다면 아주 오래 감았다 뜨고 감았을
텐데. 가만가만히 화가는 우산을 그렸다. 지워지지 않을
우산이 되길 바라며. 검은빛이 다 녹아 이제는 먹빛
구름을 닮아가는 우산은 이따금 기우뚱 마음을 기울였다.
이따금 그리워지는 빗소리는 참을 수 있었을 것이다.

우산의 죽음을 본 적이 있는지 당신에게 묻고 싶다.
우리가 바라보는 저 고요하고 차분한 물건은 언제나

당신의 구석에 놓여 있다. 잠시, 잊어도 좋을 것이다.
화가가 어떤 심정으로 그림을 완성했는지 우산은
그와 함께 울고 싶어졌는지 아니었는지. 끝내 우산은
어디로 돌아갔는지. 당신이 본 적이 있을, 아마도
엽서의 그림이 된 그 우산의 심정이 지금 어떠한지도.

버스

마침내 그날이, 그날 이후의 삶이 덜컹이며 지나갔다.

그날 이후 한동안 나는 대부분의 시간을 버스에서
보냈다. 목적지도 없이. 내키면 내리고 다음에 도착하는
버스에 올라타는 날들. 그러나 어둑어둑해지면 나는
어김없이 집 앞 버스 정류장에 도착해 있는 거였다. 다음
날이 밝으면 다시 어느 버스 속에서 흔들리게 될 거였지만.
　　버스에선 책을 읽다가 잠이 들었다. 깨어나고
책을 읽기에도 지겨워지면 창밖을 보았다. 풍경에는
관심이 없었다.
　　읽는 책은 늘 전기(傳記)였다. 사람의 생애란 두껍고
무거웠으므로 책 말고 다른 것은 가방에 넣을 수 없었다.
나는 전기의 이런 점이 특히 마음에 들었다.
　　비가 내리는 날에도 버스를 탔다. 침침한 버스 안은
동굴 같았다. 웅크리고 앉아 졸거나 책을 읽는 내 모습은
큰 보따리나 의자처럼 보였을 테지만 찔러보거나 걸터앉는
실수를 저지르는 사람은 없었다. 그런 일은 잘못 쓴

소설에서나 나오는 거겠지.

　밤의 버스 안에선 얼굴을 가린 채 훌쩍거리는 사람이
있기 마련이었다. 우는 사람은 언제나 착해 보여.
그렇게 생각했고 그 사람들의 울음에 몰래 귀를 기울였다.
착한 이들이 있다는 걸 알게 되는 건 기분 좋은 일이야.
밤이 되면 우는 사람을 기다리는 습관이 태어났다.

　많은 사람들이 타고 내렸다. 창밖에도 사람들은
있었다. 어떤 사람은 단단한 어깨를 가지고 있었다.
좋은 냄새를 가진 사람도 있었다. 창문을 소리 내어 닫는
사람이나 창문에 무언가를 쓰고 그렸다 황급히 지우는
그런 사람도.

　어느 날 밤. 집 앞 버스 정류장에서 나는 가방을
두고 내렸다는 사실을 깨달았다. 가방 속에 들어 있던
전기 속 한 사람의 삶도. 이제 이렇게 버스를 타는
일은 그만두어야겠다고 생각했다. 멀미가 찾아왔다.

그동안의 흔들림이 한꺼번에 찾아오기라도 한 듯.
마침내 그날이, 그날 이후의 삶이 덜컹이며 지나갔다.

구름

뭐 하고 있어? 나는 구름을 보고 있어.

세상의 모든 그날은 구름을 흘려보낸다. 거의 불가능한
형상의 그 구름들 아래 나의 그날들.

밤에는 밤의 구름이 지나간다. 아주 긴 연애가 끝나던
밤. 나는 낮과 밤 위로 드리워진 구름의 수를 셌다. 그것
빼고는 할 수 있는 것이 없었다. 구름을 다 셀 수는 없는
것처럼 시간이 지난 다음에도 나는 그날을 이해할 수가
없었다. 그저 어떤 느낌으로 뭉글뭉글 피어오를 뿐.

k에게 전화가 왔던 그날도 나는 구름을 보고 있었다.
창문 앞에 놓인 책상 앞에 앉아 한 시간도 넘게 나는
구름에 빠져 있었다.

여보세요.

k는 아무 대꾸도 하지 않았다. 달그락대는 소리만
들릴 뿐이었다. 아마 버튼이 잘못 눌렸을 것이다. k의
전화기가 너무 오래되었다는 것을 알고 있다. 반복해 k의
이름을 불렀지만, 대답이 돌아오지 않을 거란 걸 알고

있었다.

뭐 하고 있어? 나는 구름을 보고 있어. 달그락달그락.

　　나는 한참 동안 내가 보았던 구름들, 토끼나 모자, 물 잔이나 슬픔과 같은 모양의 흰 수증기 덩어리들이 만들어놓은 형상에 대해 들려주었다. k는 달그락거렸고 잠시 멈출 때도 있었지만 결국 다시 달그락 소리가 건너왔다. 나는 말을 멈추고 그 소리를 들었다. 그 소리가 구름 같아서. 그 순간의 조각구름들이 그가 긴히 전달한 안부 같아서. 참 살아 있는 것 같아서.

그늘

얼굴 위로 하나이면서 동시에 여러 개인 기억들이
지나가고 있다.

지구가 자신의 몸으로 해를 가리는 시간. 곧 달이 나타날
테지만 아직은 보이지 않는 밤의 직전. 안과 밖이 서로의
색에 섞여 물들어가는 이때를 사랑한다. 더없이 천천히.
　　언젠가 함께 걷던 중에 그의 손바닥 위에 도형과
무늬를 그려가며 이 시간을 설명한 적이 있다.
간지러웠는지 그는 자신의 손을 빼내며 한참을 웃어댔다.
하지만, 나의 설명을 아마 이해하지 못했을 것이다. 그는.
　　도무지 설명할 수 없는 이 순간에 대해 알아주기를
바라는 것은 아니다. 때로 나만 알고 있는 어떤 사실이
있다는 것을, 그 사실을 전달할 방법은 영영 없을지도
모른다는 것을 이제는 알고 있다. 결국 내가 이해할 수
없던 것처럼.
　　창문 위로 또렷해져가는 내 얼굴 위로 하나이면서
동시에 여러 개인 기억들이 지나가고 있다. 나는 곧
지나가버릴 지금을 사랑하고 있다. 여전히. 아주 천천히.

능소화

그것이 필 때면 골목은 조용해졌다.

능소화 내려오던 골목이었다. 능소화는 피어 있을 때나
피어 있지 않을 때나 능소화였고 그것이 필 때면 골목은
조용해졌다. 이따금 누군가 지나갔다. 지나가면서 능소화,
하고 중얼거리기도 했다.

　　능소화가 내려오던 골목의 어느 밤은 잊을 수가 없다.
그는 전화를 받지 않았고 한 번 더 걸어볼 용기가 내겐
없었고 그랬으므로 능소화 밤 그늘 아래 서서 몰래 쓴
편지를 읽는 기분. 읽다가 구겨버리는 기분. 바람이 불었고
능소화 꽃 하나가 몸째 바닥으로 떨어졌을 때.

　　나는 그가 알려준 능소화라는 이름을 잊은 거였다.
니은 발음에서 미끄러져 슬쩍 벌어지는 그의 입속으로
무언가 대단한 것이, 대단하고 훌륭한 것이 태어나는
것처럼 보였는데. 잊을 수도 잊을 리도 없으면서 아,
이 꽃을 이 꽃을 무어라 부르더라. 처음 그 이름을 배울
때처럼 혼잣말했다. 아무도 대답하지 않아 기다리지도

떠나지도 못하고 그렇게 있었다.

　그 뒤로는 능소화가 내려오던 골목을 가지 않았다.
사람의 모습은 지워지기도 한다. 이제 나는 그를
알지 못한다. 능소화의 이름을 잊었다 여기는 것처럼.
그러나, 때로 어느 밤이면 가만히 능소화, 하고 중얼거리는
것인데, 그럴 때 내가 있는 밤은 그 골목도 아니며 능소화도
없으며 더없이 적요롭게 여겨지고 마는 것이다.

베란다

황금빛으로 물들어가는 동네와 옆 동네와
먼 동네들의 아스라한 집들을 나는 사랑했다.

동네에서 제일 높은 언덕에 아파트가 있었다. 우리 집은
그중 가장 높은 층이었다.

창문을 넘어 들어오는 볕은 그러므로 동네에서 가장
가까운 것. 가는 눈을 뜨면 부유하는 먼지들이 보였다.
먼지의 시간은 늘어지고 늘어져 영원으로 가는 것처럼
보였다. 한 번쯤은 먼지가 되고 싶었을지도 모른다. 그렇게
되고 싶었던 기억은 없지만, 이제 와서는 그랬을지도
모른다고 생각한다.

나는 엎드리는 것을 좋아했다. 장판의 무늬들이
좋았다. 그 무늬 위로 어떤 세계를 꾸미는 것이 좋았다.
장판 위로 물이 흐르고 도로가 생기고 마차가 지나가고
왕국이 세워졌다.

무늬 하나하나를, 장판 사이의 틈과 작은 상처들을
외울 때까지 놀다 보면 저녁이 되었다. 까치발을 들고
창밖을 바라보았다. 나라에서 제일 높다는 빌딩이

새끼손톱만 하게 보였다. 황금빛으로 물들어가는 동네와 옆 동네와 먼 동네들의 아스라한 집들을 나는 사랑했다. 그렇지 않고서는 그렇게 오랫동안 창밖을 바라보지 못했을 거라고 생각한다.

그늘이 닿아 벌써 어두워진 집들도 있었다. 창문 너머로 하나둘 불을 올리는 그 집들에서 나는 저녁밥 냄새를 맡았다. 그건 우리 집 부엌에서 풍기는 냄새이기도 했다. 압력밥솥이 돌아가고 물이 넘쳐 그 뜨거운 뚜껑에 닿아 증발하는 소리와 냄새. 그러면 밤이 되었다.

커튼

빛이 일렁이는 그 속에서 무얼 하고 있는 것일까.

방에는 아무도 없다. 아니 커튼 뒤에 한 사람이 있네.
빛이 일렁이는 그 속에서 무얼 하고 있는 것일까. 그의
그림자가 미동도 없이 물결치고 있다. 커튼에 가려진
창문이 열려 있는 모양이다. 열린 창문으로 바람이 드는
모양이다. 하지만 그는 움직이지 않는다. 여전히.

그는 서 있지만 웅크린 것만 같다. 웅크린 채로 자신의
속내를 쓸어내리는 것만 같다. 조금도 움직이지 않는
그가 그렇게 보이는 것은 그 방 안에 아무도 없기 때문이다.
아무도 없는 풍경이 아무런 소리도 내지 않기 때문이다.
조금씩 다른 모양으로 움직이는 커튼마저도.

그는 거기에 없는지도 모른다. 커튼 뒤에는 미련처럼
남아 있는 그의 그림자가 있고 그 몸은 다른 곳에서 바쁘게
움직이고 있는지도. 아무도 없는 방에 있어 본 사람은
없지 않은가. 불가능이란 증명할 수 없는 것.

그렇다면 그의 그림자는 왜 저토록 남아서 분명한

자국을 남겨놓는 것일까. 커튼의 주름 하나가 하얗게
빛나기 시작한다. 그 커튼은 노란빛이 도는 것임에도.
각도란 저렇게 신비한 것. 우리의 마음을 빛으로 물들이는.

　그림자가 작게 줄어든다. 그것을 눈치채기란 쉽지
않은 일이지만 어렵지도 않은 일이다. 누군가 커튼
뒤에 있는 장면을 그려보는 것처럼. 누구나 한 번쯤은
커튼 뒤에 숨기도 하는 것이니까. 그리고 열린 창문을
가린 커튼이 흔들리는 것을 우리는 언제든 본 것만
같은 착각에 빠지기도 하니까.

화분

어떻게 한 모금 물만으로 살아갈 수 있는 것일까.

당신은 화분을 몇 개 가지고 있다. 모여 있는 화분 속
식물들은 나름의 사연을 가지고 있고 모두 초록빛이다.
그들 중 꽃을 피운 것은 없다. 그저 늘 거기서 처음부터
거기 있었다는 듯이. 가만하다.

　　당신은 종종 물 주는 것을 잊기도 한다. 당신은
오랜만에 물을 주면서 화분들이, 화분들 속의 식물들이
신기하다. 어떻게 한 모금 물만으로 살아갈 수 있는 것일까.

　　어느 일요일 당신은 화분 하나가 그러니까 화분 속의
식물 하나가 죽어버렸다는 것을 알게 되기도 한다.
어쩔 줄 몰라서 시간을 끌어보려는 듯 혀를 차지만 식물을
도로 살릴 수 있는 방법은 없다.

　　그래서 그것을 들고 집 밖으로 나간다. 열린 문으로
환한 빛이 들어온다. 문이 닫힌다. 그리고 한참 만에
당신은 돌아오는 것이다. 빈 화분과 함께. 그것은 생각보다
무겁다. 그것은 한동안, 어쩌면 영원히 비어 있을 것이다.

화분들이 모여 있는 자리에 화분 하나만큼의 자리가
비어 있다. 당신은 잠시 그 자리를 두고 본다. 화분은
움직이지 않는다. 스스로의 힘으로는. 그러므로 당신은
화분 몇 개를 슬쩍 밀어놓을 것이다. 이제 빈자리는
없고, 어쩜 그렇게 빨리 잊으려 하느냐고 당신을 비난하는
이도 없다.

당신은 여전히 혼자다. 화분을 구분해놓지 않길
잘했어. 그러면서 다른 삶과 어울리는 일은 참 어렵고
자신은 그런 일과 거리가 멀다고 생각한다. 그런데도
화분은 움직이지 않고 여전히 초록색이며 꽃은 피우지
않지만. 그래서 조금 슬퍼지기도 하는 것이다.

향수 鄕愁

돌아올 수 있다는 것은, 돌아올 곳에게도,
돌아올 사람에게도 참 다행한 일이야.

후배는 서둘러 명함을 건넸다. 서툴렀겠지. 받는 나도,
건네는 후배도. 멋쩍게, 멋지네. 그런데 명함은 왜 주는
거야. 난 네 이름도 연락처도 다 알고 있는데. 그러게
말이에요. 명함을 누구에게 주어야 하는지 가르쳐주는
사람이 없더라고요. 나는 웃고 말았다. 후배도 웃었다.

아직 내겐 명함이 없던 시절. 먼저 졸업해 취업한
후배가 학교로 찾아왔다. 몇 년 만에. 벤치에 앉아서
빈둥거리다가 그녀를 발견했다. 크게 손을 휘저어 불렀다.
돌아올 수 있다는 것은, 돌아올 곳에게도, 돌아올
사람에게도 참 다행한 일이야.

아이 티가 금방 사라져버렸구나. 나는 명함의
날카로운 귀퉁이를 매만지다가 물었다. 그런데, 무슨
일이야. 잘 모르지만 일할 시간일 텐데. 오늘은 출근 안
하니? 후배는 배시시 웃었다. 참 쉽게 어른에서 아이로
돌아오는 얼굴.

글쎄 문득 이렇게 오고 싶을 때가 생기더라고요.
향수병처럼. 누군지도 모르게 막 보고 싶고,
생각 안 해봤던 것들이 선명하게 떠오르고. 어제는
꿈도 꿨어요. 그래서 외근 나왔다가 땡땡이쳤죠.
그렇다고 선배 생각이 난 건 아니고.

다시 아이처럼 웃고는 가볼 곳이 있다고, 먼저
일어나 총총 사라진 후배를 사라질 때까지 지켜봤었다.
가볼 곳은 어딜까. 잠깐 궁금해하다가 말았다.
그 후배는 곧 회사를 그만두고는 유학을 가버렸다.
정말 쓸모없었네, 그 명함.

졸업한 지 십 년. 글쎄. 나는 사적으로는 학교에
찾아가본 적이 없다. 그런 마음을 가져본 적도 그와
관련된 꿈을 꿔본 적도 없다. 후배의 마음은 영영 알 수
없을지도 모르겠다. 그러나 이따금 그 후배가 떠오른다.
이따금 생각나고 그런 꿈을 꾸면 그 먼 곳에선 어디를

찾아가는지 궁금하다. 거기 있는지, 이제는 돌아왔는지 그런 것도 모르면서.

부슬비

하나둘 우산이 펼쳐지기 시작했다.

부슬비가 내리고 하나둘 우산이 펼쳐지기 시작했다.
게임은 중단되지 않았다. 나에게는 우산이 없었다.
없어서 젖어가고 있었다. 둘 다 응원하는 팀이 아니었다.
몇 차례의 찬스에도 두 팀 다 한 점도 내지 못하고 있는
한심한 시합.

사실 한심한 건 내 쪽이었다. 퇴근 후 남은 저녁의
시간을 어떻게 써야 할지 몰라 지하철에 탔고 야구장이
있는 역에서 내렸고 티켓을 샀고 매점에 들러 감자칩
한 봉지와 캔맥주를 몇 개 샀고 거의 텅 비다시피 한
외야석에서 응원할 수 없는 경기를 지켜보고 있었으니까.
그리고 칠 회 말.

헤어졌다. 이 간결한 서술만큼이나 아무렇지도
않았다. 있을 곳이 필요했다. 한동안 누워 보냈으나
대수롭지 않은 실연을 경험한 사람에게 침대는 마땅한
자리는 아니었다. 책상에 앉아 무언가를 쓰기도 했는데

남은 것은 어디에도 어울리지 않는 이상한 문장들.

포볼로 나간 선수가 이루를 훔치려다가 아웃 당했을 때, 뒤쪽 누군가가 욕을 내뱉었다. 나는 그저 게임이 빨리 끝나기만을 바랐다. 비는 그치지 않았고 게임도 멈추지 않았다. 나는 점점 젖어갔다. 갈 곳 잃은 야구공이라도 하나 날아왔으면 싶었다. 그렇게라도 누군가 나를 발견해주었으면 싶었다.

구 회 말 투 아웃. 홈그라운드 팀의, 어쩌면 마지막 타자. 공이 치솟아 올랐다. 커다란 포물선. 나는 캔을 흔들어보고 남은 술을 비웠다. 아슬아슬하던 빗줄기가 조금 두꺼워졌다. 어떤 무승부가 나기 직전이었다.

멀미

그림자를 지우며 달리고 있는 우리들의 차를 생각했다.

나는 창밖의 풍경과 창문에 비친 내 모습을 애써
분간하려 하지 않았다. 말이 없는 건 운전하고 있는 그도
마찬가지였다. 우리는 서로가 있다는 것을 잊은
것 같았다.

    여행 내내 비가 내렸다. 거센 비를 뚫고 그는
잘도 앞으로 나아갔다. 나는 이따금 눈을 비볐는데 앞이
잘 보이지 않았기 때문이었다. 와이퍼의 움직임이
어지럽기도 했다. 숙소에 도착했을 때 그는, 아직도
손이 다 떨린다고 말했다.

    며칠째 어디쯤부터였을까. 여행이 끝나간다 싶었던
것은. 그러나 우리는 이 여행의 끝을 어떻게 내야 하는지에
대해서는 이야기를 나누지 않았다. 그런 말을, 그와
비슷한 말을 꺼냈다가는 무언가 날아가버릴 것만 같아서.

    지금 그가 속도를 내고 있는 것은 어서 이 여행을
끝내고 싶었기 때문이 아니었을 것이다. 오히려 이와 같은

속도로 더 멀어지고 싶어 했음이 분명하다. 어딘가로부터.
이 세상 어떤 여행자보다 그러고 싶을 거야, 멀리 노을
때문에 환해진 구름이 있었다.

　　너무 빨리 달리면 그림자가 사라져버릴까. 느닷없이
그가 물었을 때 나는 그림자를 지우며 달리고 있는
우리들의 차를 생각했다. 그렇다면 이 세상엔 없는 것이
되겠지. 하지만 그렇게 말하진 않았다. 멀미가 나는 것
같아 핸들을 꼭 쥔 그의 손을 보았다. 그 손이 떨리고
있었는지는 알 수 없었다.

어둠

보지 않아도 보이는 이런 게 밤이지. 당신은 중얼거렸다.

잠깐 졸았을 뿐인데, 버스는 낯설고 어두운 길 위를
달리고 있었다. 당신은 어쩔 수 없다는 심정이었는지
짧은 잠을 미처 털어내지 못했기 때문인지 그저 한두 차례
눈을 깜빡이고 말 뿐이었다. 어둠 다시 어둠. 길이
구부러졌다가 다시 구부러져 몇 남지 않은 사람들의
몸이 기울었다. 쏟아질 것처럼.

예정된 곳에서 내리는 사람처럼 느린 손으로
벨을 눌렀다. 지나친 것이 분명하다고 당신은 생각했다.
버스에서 내렸을 때 그 생각은 더 분명해졌다.
버스가 온 길을 따라 어둠이 밀려들었다. 어둠 속으로
끌려가는 기분이었지만 어둠은 언제나 몸을 다 드러내지
않는다는 것을 알고 있던 당신은 곤혹스러운 마음을
내려놓기로 했다.

그랬더니 사위가 조용해졌다. 당신은 걸음을
재촉했다. 달은 찾지 않아도 거기 있었다. 군데군데 빛으로

얼룩진 구름도 있었다. 보지 않아도 보이는 이런 게
밤이지. 당신은 중얼거렸다. 들 위로 바람이 지나갔다.
트럭이 한 대 빠른 속도로 지나쳐갔고 이내 보이지 않았다.

　　어둠 저쪽에서 간신히 들리는 물소리나 풀
말라가는 냄새. 구름의 틈으로 빛나는 아득한 별들
사이로 잠깐 꿈에서 본 얼굴이 떠올랐다. 그러자
당신은 그 얼굴 주인의 목소리가 듣고 싶었다. 또 그에게
목소리를 들려주고 싶었다. 멀리 불빛이 보이다가
파르르 떨리곤 사라져버렸다. 어쩌면 늦지 않았을지도
몰라. 당신은 분명 그렇게 생각했다.

선물 가게

별처럼 아득하게 빛나는 순간들 중 어딘가에 있었을 그 이름.

그 거리를 걸어갈 때 일이다. 키가 비슷한 두 사람이 다정히
선물 가게로 들어가는 것을 보았다. 나는 그 두 사람 중
한 사람이 아는 사람일지도 모른다고 생각하며 주머니에
손을 넣었다. 손끝에 무언가 닿았고 무심히 그것을
꺼내들었다. 오래전 이름이 손바닥 위에 놓여 있었다.

　　　한참 그 이름을 들여다보았으나 도대체 누구의
것인지 어떻게 주머니에 들어와 있는지 알지 못했다.
거짓말이다. 나는 누구의 것인지 알고 있으며 열심히 모른
체하고 있는 것이다. 오래전 일들과 지금의 일들 사이
무수한 구멍이 있다. 별처럼 아득하게 빛나는 순간들 중
어딘가에 있었을 그 이름.

　　　우두커니. 나는 그렇게 서 있었다. 이름의 덜 마른
온기로 손바닥이 따뜻해졌다. 그리고도 한참. 어디선가
똑똑. 문을 두드리는 소리가 났다. 이곳은 거리.
그럴 리 없음에도 인기척을 내야 할 것만 같았다. 똑똑,

하고 되돌려주어야 할 것 같았다. 사위가 어둑해져간다. 이 낡고 낯선 이름을 어떻게 해야 하는 것일까. 누군가는 가고, 누군가는 오는 거리에 서 있는 것은 나뿐이었으니.

노래

바깥의 기온과 아득한 소리와 빛이 돌아왔다.

마음이 제자리를 찾지 못해 어지러웠다. 공원은 점점
어두워져갔다. 그는 꾹 눌러 담은 숨처럼 벤치에 앉았다.
가만히 몸을 지우는 사람처럼 아무렇지도 않으려고
노력하는 중이었다.

　　그러자 바깥의 기온과 아득한 소리와 빛이 돌아왔다.
뒤죽박죽이던 감정이 제자리로 돌아오려고 했다. 터져나올
것 같은 울음을 간신히 참고 있던 그때 노래가 들려왔다.

　　멀리서. 하지만 뚜렷하게. 여자의 목소리였다.
또박또박 소리 내어 높지도 낮지도 않게 부르는 그 노래가
자신의 곁에 앉았다고 그는 생각했다. 그는 노래의 어깨에
머리를 기대고 싶다고 아니 기댔다고 생각했다.

　　휘청거리며 물속으로 걸어가는 기분이었다고 할까.
그는, 그 순간엔 깊이가 두렵지 않더라고 말했다.
잠시 노래가 들려오는 방향을 가늠해보기도 했으나 금세
포기해버렸다. 이 고요를 깨고 싶지도 않았으며, 찾을 수

없을 것 같기도 했기 때문이다.

　　그저 깊고 깊은 물속으로 잠겨간다 생각했을 때
노래가 멈추었음을 알았다. 그런 일은 없었다는 듯.
하지만 그는 여전히 물속이었고 또 고요했으니, 무언가
주르륵 흘러버리고 말았다고 말했다. 짧은 침묵이 흘렀다.
나는 그의 말을 이해할 수 있었다.

수첩

느릿느릿 손가락을 들어 가만히 몇 문장을 적기도 하였다.

밤샘을 한 뒤 맞는 다음 날의 오전을 참 좋아한다.
잔뜩 당겨졌다가 툭 튕겨 나간 방아쇠가 된 것처럼,
정말 아무것도 할 수 없는 기분에 사로잡혀서 나는
이미 세상에 존재하지 않고 나 대신 한가득의 고요가
한 사람만큼 자리 잡고 있다고 생각할 수 있기 때문이다.

정말 아무것도 하지 않는 것은 아니다. 느릿느릿
손가락을 들어 가만히 몇 문장을 적기도 하였다. 오직
그때에 닿아야만 쓸 수 있는 그 문장들은, 의미도 소리도
가지고 있지 않았고 구름처럼 그저 뭉게뭉게 피어올랐다.

그런 문장을 적어두는 내 노트를 구름수첩이라
부르기로 했다. 구름수첩 안에는 사라지려는 문자들로
채워져 있다. 어디에도 쓰일 수 없는 무표정의 언어들을 쓴
다음엔 다시 읽어보지 않는다. 멋대로 자라게 내버려둘 뿐.

그러면 그 문장들은 어디론가 닿겠지. 그리고
해체되어 갈 것이다. 머무르는 것처럼 아주 느리게. 누구도

알아챌 수 없는 속도로. 무언가가 있었다는 흔적도 없이.

그리고 다시 고요가 되어 있다. 어떤 문장을 떠올릴 때까지. 곧 구름이 피어나 흘러가기 시작할 것이다. 내 손끝에서 수첩 위로. 수첩 위에서 수첩의 내부로. 아득하게 까마득하게.

늦잠

작은 소리들이 들린다.
나는 그것이 꿈의 부스러기라고 생각한다.

오늘은 자꾸 물건을 떨어뜨렸다. 글자들을 놓치고 적거나
하고 있던 일을 잊어버리곤 곰곰이 생각에 잠기곤 했다.
나는 조금 슬픈 것 같았다. 확신할 수는 없었지만 세상엔
그런 '것 같은' 일이 너무도 많다.

무슨 일이 있었느냐고 물어본다면 아무 일도
없었다고 대답할 수밖에 없다. 아무 일도 없었기 때문에.
그럼에도 종일 엉망이었고 나의 사정과는 관계없이
모든 일은 그렇게 되어버렸다. 집의 문을 열면서 의아해할
정도로.

그런 밤은 어쩔 수 없이 다음 날의 늦잠 쪽으로
흘러간다. 나는 발목이 무거워져서 그럼그럼, 하고 고개를
끄덕이는 사람처럼 순순히 밤의 흐름에 마음을 맡긴다.
느껴지기론 아무런 꿈도 꾸지 못할 것 같다.

내일 눈을 뜨면, 나는 버석거리는 이불의 촉감을
느끼며 늦었다고 생각할까 더 자고 싶다고 생각할까.

오른쪽으로 돌아누워도 다시 왼쪽을 향해 뒤척여도 그것은 늦잠일 것이며 늦었다는 것은 분명할 테지만.

밤이 조금 더 깊었고 작은 소리들이 들린다. 나는 그것이 꿈의 부스러기라고 생각한다. 이제는 정말 자야 할 시간. 아주아주 늦어질 어떤 잠 속으로 떠밀려가고 있다. 그래그래. 고개를 끄덕이면서.

눈썹달

괜찮아. 한참 서 있어도 좋은 계절.

희한하기도 해라. 밤에 눈이 부실 수도 있다니. 봄도
아니고 여름도 아닌 그런 바깥에 서서 살짝 눈을 떴다.
약속 시간은 한참이나 지났다. 조그마하게 내뱉은
탄성처럼 화가 나기도 했지만 어스름이 밤이 되어갈수록
마음이 동그래졌다가 말랑말랑해지고 끝내 녹아내렸다.
　남은 게 거의 없는 달이다. 가늘게 떨리다가 툭
떨어지면 어쩌나. 뚝 하고 끊어져버리면 어쩌나. 그렇게
영영 사라져버리면 어쩌나. 어지러운 조바심으로 몸이 다
떨렸다. 이러니저러니 해도 참 오랜만이다. 달이라니. 달.
　나도 모르게 달. 달. 그렇게 중얼거렸다. 쉼처럼 짧고
생각해보면 조금 어려운 외마디 단어. 손에 쥐면 이리저리
미끌거리다가 끝내 어딘가 찌르고 말 모양이로구나.
고개가 아픈 줄도 모르고 오래오래 달을 보고 있었다.
바람 한 점 없는 거리에서.
　순간 달이 조금 다가왔다 물러나는 것을 보았다.

하지만 나는 놀라지 않았다. 아주 짧게 숨을 들이마셨을
뿐이다. 오늘 본 것은 말하지 않을 것이다. 어차피 아무도
믿어주지 않을 테니까. 괜찮아. 한참 서 있어도 좋은
계절. 기다리는 사람은 오지 않고, 약속 시간은 멀리
사라져버렸으니.

장마

서로에게 가까운 곳은 조금 더 따뜻해졌지만
우리는 아무 말도 하지 않았다.

비가 그치질 않았다. 벌써 이틀째야. 그렇게만 말했지만
그녀가 좋은 날씨의 오후를 만나고 싶어 몸살이 날
지경임을 나는 잘 알고 있었다. 할 수만 있다면 그녀에게
그런 날씨를 선물해주고 싶었다. 하나 마나 한 생각이었다.

　　나는 밝은색 찻잔에 가득 차를 담아 건넸다.
이 찻잎을 키웠을 빛과 온도를 생각해, 그렇게 말하지는
않았지만 그녀의 낯빛이 조금 환해졌다. 우리는 함께
잦아지려 하는 비에 귀를 기울였다.

　　주변은 조금 더 어두워지고 서로에게 가까운 곳은
조금 더 따뜻해졌지만 우리는 아무 말도 하지 않았다.
차는 조금 식었고 얼마 지나지 않아 완전히 식어버리겠지만
그래도 우리는 아무 말도 하지 않았다.

　　가까운 곳에서 고양이가 울었다. 괜찮을까. 괜찮겠지.
그래도 따뜻하잖아. 배가 고플 거야. 둘이 할 수 있는 것은
걱정밖에 없었지만. 그래도. 그래도 그녀와 나는 고양이의

기적을 느껴보려 최대한 귀를 세웠다. 고요했다. 고요만
남아 있는 그칠 듯 비 그치지 않는 오후였다.

선잠

당신이 당신으로 걸어와 나를 찾아내
당신으로 서 있을 바로 이 순간에.

지금 나는 어떤 나무 앞에 앉아 있다. 오후 두 시. 날은
더없이 좋고 나른하다. 바람이 분다. 어떤 나무의 이파리가
흔들린다. 졸음이 오고, 아마 어떤 나무의 잎들은
흔들리고 있을 것이다. 오른쪽에서 불어온 바람을 따라서.
　　나는 기다리는 중이다. 당신이 오고 있다. 내가
꾸벅꾸벅 기다리고 있는 것을 당신은 모르겠지. 몰랐으면
좋겠다. 가볍게 감긴 눈꺼풀 위로 빛들 아른거리고.
나무가 그림자를 흔드는 소리. 낯선 사람이 지나가다
나를 훔쳐보는 기척. 그 모든 일이 당신이다. 모두 당신일
텐데, 나는 눈을 뜨지 않는다. 이렇게 따뜻한 졸음은
놓아줄 수가 없다.
　　전화가 온다. 당신이겠지만, 나는 받지 않는다.
당신이 그냥 나를 찾아냈으면 좋겠다. 그런 생각으로
나는 어떤 나무 앞에 앉아 있고 살짝 잠들어 있으니까
당신이 어떤 나무 아래 약간 그늘진 곳으로 와 나를

찾아냈으면 좋겠다. 당신. 또 내가 이렇게 고집을 부리고
있다. 살아서 커다란 어떤 나무처럼.

어느새 당신. 부드러운 빛으로 둘러싸인 둥글고
환한 잠 바깥에 서 있어라. 나는 눈을 뜨지 않는다.
아니 잠에 빠져 있다. 어떤 나무가 어떤 나무로 서 있는
동안에. 나를 찾던 당신이 당신으로 걸어와 나를 찾아내
당신으로 서 있을 바로 이 순간에.

고담 古談

구두를 만든다는 키 작은 요정도 잠이 들었을 시간.

그날 밤 그는 무척 늦게 퇴근하게 되었다고 했다.
자정이 넘어서야 버스 정류장에 도착했고 터벅거리는
걸음으로 집 쪽으로 향했다고. 그러다가 어떤 쇼윈도
앞에 멈춰 섰다고 했다. 그것만으론 이상할 게 없었지만
그는 좀 더 들어보라고 했다. 그가 사는 동네는 인적이
드문 곳. 그리고 그런 곳에 생긴 구두 가게. 한밤이 되도록
불 밝혀놓은 쇼윈도. 물론 특이하긴 하지만 그 역시
이상할 것은 없지.

　　잠자코 더 들어봐. 그는 그 번쩍이는 형형색색의
구두에 넋이 나갔다고 했다. 조금 더 다가가 유리창에
이마가 닿을 만큼 바짝. 나는 그중 한 구두에 매혹되었지.
빨간 하이힐이었어. 그것은 그 자체로도 아름다웠지만
늦은 밤 모든 불을 밝힌 쇼윈도 안에서도 유독 빛나고
있었다고. 아니, 그건 구두가 혼자 빛을 내고 있는 거였어.
그렇지 않고서는 그렇게 환할 수가 없겠지.

그것 봐. 좀 이상하지. 그리고 나는 너무도 그 구두를 가지고 싶게 되었단 말이야. 나는 하이힐을 신을 수 없고 내겐 그 구두를 선물할 사람도 없는데. 내 발이 작긴 하지만 그 구두는 내 발에 어림도 없어 보였지. 하지만, 나는 그 문을 막 두드렸어. 문을 열어달라고. 구두를 사고 싶다고.

그건 확실히 수상한 이야기. 당연히 아무도 문을 열어주지 않았다고 했다. 그렇겠지. 점원도 사장도 모두 집으로 돌아가고 구두를 만든다는 키 작은 요정도 잠이 들었을 시간. 결국 그는 그 구두를 포기하고 집으로 돌아가 잠이 들었다고 했다. 그런데 말이야. 정작 다음 날엔 까맣게 잊고 말았단 말이지. 어떻게 도로 기억하게 되었느냐고? 거기에도 좀 사연이 있는데 말이야. 그날 밤에도 나는 늦게까지 일을 하고 있었는데.

물음표

지금 앉아 있는 책상의 위로 그날과 닮은 빛이 어린다.

오후의 빛이 빈 책상들 위로 가지런히 내려와 어떤 것은 빛이 나고 어떤 것은 어둑어둑해져갔다. 아이는 혼자 교실에 남아 있었다. 무슨 일인지 선생님도 없었다. 화장실이나 교무실 이런 곳에 잠시 갔거나, 가서 누군가와 대화하다가 어린 그를 잊은 모양이었다. 먼지가 내려앉는 소리도 들릴 것 같다고 아이는 생각했다. 그렇게 온통 비어 있는 오후의 교실.

아이의 앞에는 노트가 놓여 있었다. 노트 위엔 수십 개 물음표가 정성껏 그려져 있었다. 아이는, 왜일까, 도대체 물음표를 그릴 수가 없었다. 따라 그리는 것까지는 할 수 있었다. 하지만 예시가 사라지는 순간. 아이가 그린 물음표는 세상 어디에도 없는 기호가 되어버렸다. 그러니까 언제나 물음표 앞에서 길을 잃고 더듬대었던 거라고, 지금에서야 생각한다.

아이는 방과 후 남아야 했다. 물음표 백 개를 그려야

했기 때문이다. 물음표가 노트 위에 쌓여가는 동안 아이는
궁금했다. 물음표는 왜 필요한 걸까. 그런 것 따위 쓰지
않아도 질문이라는 것쯤은 쉽게 알 수 있을 텐데.

그다음 어떻게 되었더라. 나는 물음표가 되어 앉아
있는 그 아이가 딱하고 슬프다. 조금씩 어두워질 채비를
하는 교실 안에서 선생님은 오지 않고 백 개는 아직도
멀었을 그때. 아이는 혹시 울지나 않았는지. 아니면 간신히
그려놓은 그 물음표들을 선생님 자리에 두고 책가방을
싸지는 않았는지. 그곳으로 뚜벅뚜벅 걸어 들어가 아이를
꼭 안아주고 싶어졌다.

지금 앉아 있는 책상 위로 그날과 닮은 빛이 어린다.
비스듬한 사다리꼴로 떠오른 빛에 손가락을 댔다가,
살짝 구부려 물음표와 비슷한 모양으로 만들어본다. 그리
어렵지 않게.

답장

이토록 간절히. 깜짝 놀랄 만큼이나
나는 기다리고 있었구나.

하고 싶은 말이 손끝에 맺혀 있다. 그렇게 생각하니 곧
흘리듯 적을 수 있을 것 같은데, 결국 아무것도 적지
못한다. 짧은 안부 몇 마디면 될 거야. 거짓말이다. 벌써
한 시간째 나는 나를 속이고 또 속고 있는 중이다.

메일이 온 줄 몰랐으면 좋았을 것이다. 적어도 오늘
밤이 이토록 깜깜해지지는 않았겠지. 이것도 거짓말이다.
나는 메일을 기다리고 있었다. 받을 때까지는 몰랐었는데
이토록 간절히. 깜짝 놀랄 만큼이나 나는 기다리고
있었구나.

열 번째 적은 인사를 지우고 난 다음에야 알겠다.
나는 아무것도 적지 못할 것이다. 할 말이 없기 때문이다.
무심코 마주 앉게 된 것처럼. 해줄 말은 오래전에
말라버렸고 아무 의미도 담지 못한다. 그저 인사만, 간신히
인사만 전할 수 있을 것이다.

그럼에도 자리에서 일어나지 못하는 것은 아프기

때문이다. 내 어딘가가 아프다고 하기 때문이다. 그렇게
말하는 것도 나고, 듣는 것도 나이지만 그건 내가 모르는
이야기. 내가 모르는 척하는 이야기. 그리고,

　　메일 너머의 당신은 어떤 답장을 상상하고 있을까.
당신은 내가 이토록 깜깜한 밤에 아무것도 적지 못하고
아픈 채 웅크려 잠들 거라는 사실을 알고 있을까.
알았으면 좋겠다고 생각한다. 그렇다면 공평할 것이다.

　　그러고 난 다음에야 나는 어떤 문장을 적는다.
안녕하세요. 나는 잘 지내고 있습니다. 너무 늦은
시간이지만 잠을 자지 못하던 중이었어요. 그곳과
이곳에는 시차가 없겠지요. 그렇다면 거기도 여기만큼
깜깜한지. 더듬듯 써가는 이 글이 당신에게 닿을지,
모르겠어요. 그저 부디 안녕하기를 바랍니다. 그렇다면
무엇이든 괜찮겠습니다.

공

맞아. 개를 좋아했었지.
누워서 그때의 찌릿함을 생각하다가 웃었다.

꿈속의 나는 공을 하나 샀다. 까만 농구공이다. 가게의
주인은 그 공을 팔고 싶지 않은 것 같았다. 어쨌든 나는
그 공을 가지고 나와 이리저리 튕기며 무척이나 즐거워했던
것 같다.

그러다가 깼다. 어슴새벽. 나는 눈을 깜빡이며
동그랗고 까만 그 공을 떠올린다. 어릴 적엔 공이
참 흔했어, 그런 생각을 하면서 뒤척이지도 않고 가만히
누워 있었다. 데굴데굴 한 시절이 굴러가는 소리가
들리는 것도 같고.

회색 담벼락이 하나 떠오른다. 담 너머는 나무와
풀이 무성한 잉여지였다. 어찌된 일인지 그곳엔 수년 동안
어떤 건물도 들어서지 않은 채 빈터로 남아 있었다.

그곳엔 인근 학교에서 넘어온 공들이 숨어 있었다.
대개 인조가죽이 벗겨서 희끄무레한 색으로. 우리는 종종
그러한 공을 찾기 위해 담을 넘어가곤 했다. 공은 대개

바람이 빠져 있었다. 그것도 좋았다. 동그란 것으로는
할 수 있는 게 많았으니까.

그렇게 찾은 공으로 우리는 축구도 하고 발야구도
했다. 한번은 그 물렁한 것으로 어떤 여자애의 머리를 맞춘
적이 있다. 실수였다. 아이는 울면서 집으로 갔다. 마음이
찌릿했다. 맞아. 걔를 좋아했었지. 누워서 그때의 찌릿함을
생각하다가 웃었다. 다시 곤히 잠들기 직전의 일이다.

퇴근

어느 저녁 사람과 사람 사이 이어져 있는
가는 실 같은 것들을 건드려보았다.

퇴근 무렵. 역 앞은 사람들로 가득하다. a는 b를 기다린다.
이젠 비가 좀 내렸으면 좋겠어. 머리 긴 여자가 팔랑팔랑
손부채질을 하며 지나간다. 그러고 보니 여름. 모두에게
안타까움을 느낀다. 물론 거기엔 a 자신은 포함되어 있지
않았다. b가 올 거니까.

　기분이 좋아져서 두 손을 내려다본다. 여태 a는
자신의 손이 낯설다. 신기하다. 어둑어둑해져오는
손이라는 단어. 어디는 하얗고 어디는 까맣고 어딘가는
붉으며 어딘가는 흐리다. 문득 a는 b가 가까이 있다고
생각했고 주위를 두리번거렸다. 아직 b는 보이지 않는다.

　겁이 나기 시작했다. b가 오지 않을 것 같아서. b가
정말 오기는 하는 걸까. 혹시 오지 않겠다고 하지 않았나.
아니 애초에 a는 b와 약속을 했던가. 그러자 혹은 그래서,
a는 이 분열적 상황이 의심스럽기만 했다. 내려다보던
자신의 손은 버려진 사물이 되었고, 자신은 이 여름의 슬픈

피해자가 된 것만 같았다.

　여기까지다. 내가 알고 있는 사실은. 물론 내가 a라는 가정도 가능하다. 어쩌면 b일 수도. 아니면 그저 멋대로 지어낸. 혹은⋯⋯. 아니다. 그런 건 하나도 중요한 게 아니지. 나는 이따금 역 앞의 무수한 사람 중 하나가 되고 이따금 손을 내려다보며 낯선 자신을 발견하는 생각을 하는 그저 흔한 사람이기도 하다.

　어느 저녁 그러니까 퇴근 무렵 역 앞에서 사람과 사람 사이 이어져 있는 가는 실 같은 것들을 건드려보았다. 아무 소리도 듣지 못하였다. 너무 소란스러웠기 때문일까. 손가락 끝이 단단해진다. 그리고 여름밤은 비가 없이 시원해지기도 한다.

노크

내 집엔 내가 살고 나는 나와 있고 그러므로
집에는 아무도 없는 게 분명하니까.

현관 앞에 서서 당황하고 말았다. 현관의 비밀번호가
떠오르지 않는 것이었다. 한참 망설였지만 여전히
숫자들은 떠오르지 않았다. 한 손에 식빵과 커피 원두가
든 봉투를 구겨 쥐고 남은 한 손으로는 연신 이마의
땀을 닦았다.

어찌된 일인지 알 수가 없었다. 누구에게든 물어보고
싶었지만 내 집의 비밀번호를 누구에게 물어본단 말인가.
자포자기의 심정으로 똑똑, 문을 두드렸다. 멍청하긴, 하고
중얼거리면서. 내 집엔 내가 살고 나는 나와 있고 그러므로
집에는 아무도 없는 게 분명하니까. 그때 문 안쪽에서
똑똑, 누가 답하는 소리가 들렸다.

나는 나의 두 귀를 의심했다. 다시 똑똑, 문을
두드렸다. 안에서 똑똑, 응답했다. 누구세요, 하고 물었지만
아무런 대꾸도 들려오지 않았다. 당연하지. 내 집엔 내가
살고 나는 나와 있고 그러므로 누가 있을 리 없다니까.

초여름 해가 높이 떠올랐고 나는 여전히 집에
들어가지 못하고 있다. 식빵을 하나 꺼내 입에 문 채로 더는
당황하지 않는다. 문 안쪽에 있는 그는 곧 나올 것이다.
그에게도 커피와 식빵이 필요할 아침이 있을 테니까,
언젠가 그는 나올 것이고 그때 들어가면 되겠지. 그렇게
생각하기로 했다.

테이블

사랑한다고 할 수는 없으나 함께일 수 있는
지금 일요일의 오후.

커다란 테이블은 그가 자신의 집 사물 중에 유일하게
정을 붙이고 있는 것이었다. 혼자 사는 그가 집에
머무는 얼마 안 되는 시간을 보내는 곳이며 이용하는
물건이었으니까. 그는 이 테이블 위에서 간단한 음식을
먹거나 잔무를 해결한다고 했다.

그의 테이블 위는 늘 깨끗이 비어 있었다. 테이블을
보다 넓게 사용하기 위해 그러는 편이 낫다고 생각했을
것이다. 그러므로 테이블 위에는 정오쯤 드리워졌다가
사라지는 햇빛 말고는 아무것도 없다 해야 할 것이다.

그가 잠들어 있는 지금, 일요일 열두 시에도
어김없이 테이블 위에는 여름의 햇빛만 놓여 있다.
어둑어둑한 거실에 앉아서 나는 그를 깨울 생각 없이
테이블의 전생을 짐작해보려 한다. 깊은 숲속,
살아 있는 것들의 집이었을 나무.

한 나무가 아니라 여러 그루의 나무들이었을 수도

있으리라. 자세히 보면 불규칙한 결과 색을 가지고 있으니,
같은 모양으로 잘려 한데 붙은 것일 수도 있겠다.
서로 다른 숲에서 자라난 그 시간이 저리 모여 어디까지
울창해질 수 있는 것인지. 그것은 꼭 그와 나 같기도
했으며 내가 그를 생각하는 마음이기도 했다. 사랑한다고
할 수는 없으나 함께일 수 있는 지금 일요일의 오후.

　　　나무 테이블은 움직이지 않고 그는 여태 깨어나지
않는다. 간단한 음식이라도 만들어야겠다. 오래전에
태어나 먼 여행을 마친 빛과 함께 늦지도 이르지도 않은
점심을 그와 함께해야겠다. 저 테이블 위에서. 나는
어둑어둑한 거실에 앉아서 잠들어버렸다. 아주 잠깐의 잠
동안 꿈은 나무를 키웠다. 나무가 자라나는 동안의 시간은
길고 느슨했으니 꼭 그의 집 부엌에 놓인 테이블 같았다.

제2부

우리는 저녁에 만났다

낯섦

주머니에 손을 넣고 어떤 충동들과 싸워가며 참는 그런 일.

갑작스레 멀게 느껴질 때가 있다. 놀랄 일은 아니다.
리듬이 달라진 것뿐이니까. 이를테면,
    늘 이용하던 버스의 창밖이 낯설게 느껴지는 것.
예정된 정류장에서 예정된 정류장으로 가는 것이 아니라,
내가 알지 못하는 다른 곳으로 가는 것만 같은 그런 것.
그러면 나는 다시 한번 버스의 번호를 살피는 사람처럼
당황하곤 한다.
    오늘 저녁이 그랬다. 한 글자 한 글자 또박또박
써놓은 메모지 위 당신 이름에 내가 모르는 당신이,
당신의 낯선 면모가 있는 것만 같고 낯선 당신으로부터
내가 얼마나 떨어졌는지 깨닫게 된 것이다. 그래. 갑작스레
멀어지는 사이가 있지. 서운한 일이 아니다. 그저 달라진
리듬에 걸음을 늦추는 일이다. 이를테면,
    늘 이용하는 버스를 그냥 보내고 배웅하는 사람인
양 버스의 뒷모습에 손을 흔들어주는 일. 그 버스가 내가

모르는 어딘가에 무사히 도착할 거라 믿는 일. 주머니에
손을 넣고 어떤 충동들과 싸워가며 참는 그런 일.
그러면 나는 그제야 잘못 버스를 탄 것을 깨달은 사람처럼
황망해지게 되는 것이다.

　　당신 이름을 적어놓은 메모지를 접는다. 아무렇게나
접힌 그 안에서 당신의 이름은 살게 될 것이다. 나는
그것을 차마 버리지 못하고 서랍 속에 가만 넣어둔다.
시간이 제법 흐르고 정리가 필요한 어느 저녁이 되면
그리하여 그것을, 아무 모양으로 접어놓은 당신의 이름과
내가 모르는 당신의 낯선 면모를 다시 만나게 될 때,
그것은 더 이상 낯선 것이 아니고 우리는 만난 적이 있고
그러니 나는 반가울 수 있을까. 그랬으면 좋겠다.

별

막막은 먹먹이 되고 명명이 되고
이러한 밤길을 따라 걸어가는 일.

하차 벨 누르는 것을 잊어 조금 더 간 것이다. 그뿐인데
막막해지는 것은 지쳐 깜깜한 밤이기 때문이다. 내려서
잠시 망설이다 당신에게 문자메시지를 보낼 뻔했다.
이게 모두 당신 탓이라는 듯.

당신 탓이 맞을 수도 있다. 그렇대도 막막한 기분으로
걷는 것이 꼭 나쁜 일이 아니니까. 어쩌면 좋은 일일지도
모르지. 퍽 어엿한 밤이다. 찬바람이 있으니 더욱 그렇지.
편의점 앞에서는 잠시 망설이기도 했다.

따끈한 어떤 것이라도 좀 필요하지 않을까 싶었던
것이다. 금방 알아차리고 걸음을 돌리긴 했다. 지금
필요한 것은 그런 것보다 온온한 생각이겠지. 예를 들어
교차로 위에 떠 있던 구름. 꽃 가게 양동이 안에 담겨
있던 코스모스. 점심에 먹었던 카레 그릇에 남은 숟가락
자국 같은.

그런 생각으로 벌써 반쯤 걸어왔네. 주머니에 넣은

손은 전화기를 만지작거리고, 나는 그것이 전화기가
아니라 별이라 상상하고 있다. 별로는 문자메시지를 보낼
수 없겠지. 당신을 탓하는 내용을 적을 수도 없을 것이다.
손에 닿은 것이 별이 아닐 이유는 또 무엇인지. 저마다
감춰두고 있는 별 하나쯤 있는 법인걸.

하여 막막은 먹먹이 되고 멍멍이 되고 이러한 밤길을
따라 걸어가는 일에 이제는 목적도 더할 생각도 없다.
숨이 마음에 닿을 때 걸음은 가벼워지고 사람은 살아 있는
것이 아닌지. 어찌할 바 없이 가벼워지는 것을 느끼면서
나는 더 걸어갈 수 있기를 바라게 되었다.

전도傳導

빨갛게 변한 얼굴은 다시 손으로 덮이고.

울고 있는 게 분명했다. 맞은편에 앉아 두 손에 얼굴을
묻고 있는 사람. 그 사람으로부터 눈을 떼지 못한다.
나도 울고 싶어졌다. 울지 않기 위해서 시선을 먼 곳에
두려 애썼지만, 자꾸 그리로, 얼굴에서 손을 떼지 못하는
사람의 방향으로 돌아가는 것은 어쩔 수 없는 일이었다.
그는 이따금 얼굴에서 손을 떼고 무릎에 놓인 휴대전화를
들여다보았다. 빨갛게 변한 얼굴은 다시 손으로 덮이고,
대체 어떤 글자의 합이 그를 울리고 있는 것일까.
　　다리를 지나기 위해 열차는 밖으로 나왔다. 사위가
갑자기 환해졌기 때문에 되려 나는 깜깜해진 기분이었다.
오후 두 시. 지하철 안. 덜컹거리는 소리 너머 누군가 문을
열고 옆 칸으로 건너갔다. 누군가 재채기를 했다. 누군가
무엇을 떨어뜨렸다. 그림자들이 차 안으로 늘어졌다.
여전히 나는 그를 보고 있었다. 볼 수밖에 없었다. 마침내
그가 얼굴을 가린 손을 완전히 떼어냈을 때.

나는 그가 웃음을 가리기 위해 최선을 다하고 있음을, 되도록 조용히 웃고 있음을 알게 되었다. 그만 나 역시 웃음을 터뜨리고 말았다. 최선을 다해 되도록 조용히 웃기 위해서 손에 얼굴을 묻었다. 누군가 칸을 넘어왔다. 누군가 코를 풀었고 누군가 무엇인가를 주워 올렸다. 서로 알지 못하는 두 사람이 웃음을 참고 있는 이상한 오후 두 시 일 분. 열차 안. 덜컹거리는 소리가 차오르다가 이내 어둠 속으로 빨려 들어갔다.

낙엽

색이 번져 끝은 붉고 속은 노란 빈 종이
한 장을 갖게 될지도 모르겠다.

붉고 노랗게 타들어가더니 안개비에도 잎들이 떨어지기
시작했다. 집 앞 버스 정류장에서 어정거린 것은,
집으로 바로 들지 못하고 한참 그랬던 것은 아마도 낙엽
때문이었겠다고 생각했으나,

　　낙엽이 발목을 잡는 것도 아니요 무섭고 요란한
것도 아니니 그런 핑계는 젖은 잎 한 장 줍는 것으로
끝내고 말았다. 여러 장 떨어진 것 중 가장 멀쩡해 보이는
것이었다. 어두운 밤에 그런 것을 고르느라 한참 쪼그려
앉아 있었다.

　　가장자리는 붉고 속은 노란 벚나무의 잎이다.
줄기 끝을 집어 들고 걸어가는 동안 한두 번 떨어뜨릴
뻔했다. 이게 뭐라고 걸음이 느려지고 어깨가 움츠러드나.
하지만 나는 분명,

　　거기서 지난봄에 쏟아지던 벚꽃을 보았고, 그 벚꽃의
밤을 보았고 뒷짐을 진 사람과 먼저 걸어가버린 사람을

보았고 그럴 때마다 잎은 어쩐지 한 잎 한 잎 쌓여
무거워지는 것만 같았다. 이러다가 나무가 되는 건 아닐까.

책상 위에 하얀 종이를 깔고 그 위에 잎을 올려놓으니
둘이 꼭 한몸 같구나. 어쩌면 색이 번져 끝은 붉고 속은
노란 빈 종이 한 장을 갖게 될지도 모르겠다. 그 위에
무어라도 적어야 할 텐데 이미 너무 늦은 밤이라 내겐 말이
남아 있지 않았다.

내일 아침엔 젖은 잎은 말끔히 말라 있고 종이는
여전히 하얀빛으로 있을 것이다. 그때쯤 내게는 새로이
말이 생겼을지는 모르겠다. 그럴 만큼 곤하고 분분한
봄꿈을 꾸었으면 좋겠다고 생각한 것은 바람만이 아닐 줄
짐작만 하였다.

부재

모든 것이 거짓말 같고 갑작스레 혼자가 되어버린 것만 같은.

느슨한 여름빛이 커튼 틈에 걸려 있었다. 눈을 뜨고
나는 어떤 생각이든 해보려 하지만 아무 생각도 나지
않고 곁에 아무도 없다는 것만 알겠다. 왼쪽으로,
다시 오른쪽으로 보채는 사람처럼 뒤척이다가 겨우
시계를 볼 용기를 낸다. 오전 아홉 시이거나 그 부근.
늦지도 이르지도 않은 시간 메마른 이불 감촉.
　　나는 무엇인가를 찾는다. 그것은 식탁에도 책상
위에도 없다. 안경을 찾는 사람처럼 사방을 짚다가 내가
더듬대는 것이 실은 누군가의 기억이 아닐까, 생각하기도
한다. 그런 아침에는 무얼 먼저 해야 할지 모르겠고 그런
마음으로 허둥대기도 하는 것이다. 그러나,
　　순서 같은 것은 중요하지 않다는 것 또한 알고 있지.
세수를 하고 이불을 개다가 칫솔을 물고 소파에 앉아서
양말을 신는 것. 그러다 방바닥에서 너의 물건을 하나
찾아내는 것. 그것은 귀걸이거나 네가 아끼는 펜이거나

어느 가게에서 미처 버리지 못하고 가지고 온 영수증이
될 수도 있고 그러면 나는 비로소 안심하는 것이다.

그런 여름 아침이 있지 않은가. 모든 것이 거짓말
같고 갑작스레 혼자가 되어버린 것만 같은. 세면대로
가서 입안 가득한 양칫물을 뱉어버리듯 단숨에 그런
기분을 지워버리고 입안을 헹구는 것이다. 늦었네, 하고
새삼 알아챈 듯이. 그제야 하루는 덜컥, 커다란 문이
열리는 것처럼 시작되어버리고 마는 것이다.

알약

아프지 않는 그 어려운 일을 참 쉽게 해내던 시절이 있었다.

앓다 보니 저녁과 밤의 경계. 아스라한, 내 방 사물들의 것이 분명한 그림자가 침대 발치로부터 머리맡 쪽으로 번지고 있었다. 갑자기 울고 싶어졌다. 울지도 못할 거면서 서러워지는 일이란.

병원에 갔으면 되는 거였는데. 가서 주사라도 맞았으면 금방 나았을 텐데. 버텨보겠다고 오기를 부렸다. 병원 가기에는 구름이 예쁘고 날이 너무 좋았으니까. 대신 지난 계절에 사두었던 해열제를 떠올렸던 것이다. 하얀 약통 속에 간신히 들어 있을 분홍색 알약들.

조용한 집의 어두운 거실의 가만한 서랍. 한참 뒤적여 찾아낸 약통 속에는 알약이 하나뿐이다. 그것을 손바닥에 올려놓고 한참이나 들여다보았다. 고작 한 계절 지났을 뿐인데. 이리 자주 아팠나 내가.

지난 내 병력(病歷)의 무게가 너무 가벼워서 나는 그 약을 먹을 수 없었다. 아프지 않는 그 어려운 일을 참 쉽게 해내던 시절이 있었다. 그랬던 때의 일들이 열기를 따라 환각처럼 떠올랐다.

점점 빛이 걷히고 어둠이 어둠과 어울리는 소음이 찾아온다. 아픈 몸으로 마중이라도 나가고 싶다. 맞이하며 엄살을 부리고 싶었다. 가만히 짚어주는 손이 있었으면 좋겠어, 따끈한 이마를 베개에 묻고 잠시 엎드려 있었다.

사직서

나는 내가 하나의 구멍이 되었다고 생각했다.

계획도 없이 사직서를 냈다. 둘러대자면 여러 이유가
있겠으나 무엇도 결정적일 수 없었으므로 결국은 그냥,
정말 그냥이었다. 그러니 누가 묻기라도 하면 그저
난처하다는 표정을 지을 수밖에 없을 거였다. 그것은
그것대로 불편한 일이어서 몇 가지 그럴듯한 핑계를
만들어놓았다. 물론 그 핑계를 써먹을 일은 별로 없었다.
나는 그리 사교적인 사람이 아니었으므로.

　며칠이 지나서야 회사를 그만두었단 사실을 실감할
수 있었다. 퇴사일 다음 날 늦은 오전 이불 속. 생각보다
편안한 것도 아니고 생각만큼 불편한 것도 아니라는,
그다지 감흥 없이 지극히 평범하다는 사실에 다소 어색한
표정을 지은 것도 같다. 나를 지켜볼 사람이 없었으니까.
사직이란 아침에 나를 보고 있는 사람이 없는 거구나.

　얼마나 지났을까. 나는 내가 하나의 구멍이 되었다고
생각했다. 그러자 허허로운 속으로 바람이 지나다녔다.

마음의 구석구석을 건드리면서. 그 느낌에 온 신경을
기울였다. 조금 쓸쓸한 일이면서 아득한 일이었다.
정말 오랜만에 스스로가 스스로에게 관심을 기울이고
있다는 것을 깨달았을 때.

　배가 고파오기 시작했다. 깊은 공복감이었다.
오전 볕에 말라가던 이불을 힘껏 거두고 몸을 일으켰다.
뭐든 맛있는 것을 만들고 싶었다. 마음에 쏙 드는 그런
음식을. 아니, 무엇이든 정말 맛있게 먹을 수 있을 것
같았다. 세상 첫 아침 식사처럼.

맥주

우리는 한 캔을 비우는 그 짧은 시간 동안만 우리.

한 캔 모임. y는 그때를 그렇게 이르곤 했다. 우리는,
나와 y로 꾸려진 그 작은 공동체는, 몇 계절을 그렇게
보냈다. 우리는 자주 만났고 자주보다 더 자주 만났고 만날
때마다 한 캔만 하자고 했다. 누가 먼저랄 것도 없이.

우리가 만나는 곳은 주로 편의점 앞이었고 때로는
서로의 집 앞 놀이터였으며 직업도, 일과도, 하루를 보내게
되는 장소도 겹치지 않지만 꾸준히 만났고 만나서 한 캔을
마셨다. 정말 딱 한 캔.

기댈 곳이 없었다. 나는 그랬다. y도 그랬을 것이다.
우리는 서로에게도 기대지 않았다. 사실 그리 친하지
않은 사이였으니까. 그리 자주 만나서 한 캔의 맥주를
마시던 때에도 우리는 친하지 않았던 것일지도 모른다.
기댈 곳이 없는 사람들끼리 서로의 처지를 살펴보는
정도의 관계랄까.

한 캔 모임을 갖는 동안 우리는 푸념 같은 것은

늘어놓지 않았다. 공통의 무언가를 찾아 더듬대지도
않았다. 딱히 기억에 남지 않을 대화만 나누었고
그것만으로 충분했다. 우리는 한 캔을 비우는 그 짧은
시간 동안만 우리였고 그랬으므로 그것을 비운 뒤에는
기꺼이 헤어질 수 있었다.

y의 결혼식 전날이 한 캔 모임의 마지막이 되었다.
그렇게 될 줄은 몰랐다. 그랬으므로, 그간의 소회나
마지막 건배를 나누지도 않았다. 기억나지 않지만, 내일
보자. 그래 푹 자고. 정도의 인사를 했겠지.

나는 지금 혼자 맥주를 마신다. 딱히 y가 생각나는
것은 아니다. 그때를 그리워하는 것도 아니다. 지금의 나는
아마도 한 캔을 더 마시게 될 것이다. 무언가 충분하지 않기
때문이며 충분하다는 것이 어떤 것인지 잊었기 때문일
것이다. 그때가 좋았나. 딱히 그런 것 같지도 않지만.

서운

이 밤은 곧 지나갈 것이다.

책을 덮으려다 말고 창문을 닫으려다 말고 우두커니
생각한다. 떠오르는 오늘을 아무렇게나 무작위로.
　　시간과 공간을 섞어놓은 채 그대로. 예를 들면 당신의
차 보닛 위에 떨어져 있던 비에 젖은 노랗고 빨간
단풍잎 같은 것들.
　　당신의 자동차에서 나는 옆에 앉아 운전하는 당신의
옆모습을 본다. 운전할 때 당신은 먼 곳에 있는 것을
유심히 보지. 그러면 나는 나를 봐주지 않아 서운하고
마는 것이다. 물론 당신은 이 말도 안 되는 서운을
모르고 있다.
　　부끄러워 책을 덮는다. 창문을 닫는다. 그러곤
다시 창문을 열고 책을 펼치려고 하다가 그만둔다.
밤이 늦었다. 침대로 가서 잠들어야지. 이 밤은 곧
지나갈 것이다. 더는 단풍을 핑계 삼아 당신을 생각할
필요도 없다.

너무 못되게 굴었지. 서운해서 그랬다고. 심술을 부려 미안하다고 했으면 되었을 텐데. 영문도 모르는 당신은 그럼에도 내게 잘 가라고 했고 잘 자라고 했고 오늘 하루를 무사히 보내주어 고맙다고 했다. 못 들은 척, 차 문을 소리 나게 닫았던 것은 부끄러웠기 때문이다.

그렇게 굴 필요도 없는데. 오지 않은 것까지 오지 않으려는 것까지 떠올리고 잡았다 놓쳐버린 물고기의 자맥질을 보듯 막막하게 지켜본다. 어디선가 책이 덮이고 창문이 닫히는 소리가 들린다. 마치 어제처럼 그리곤 오늘 일이 아닌 것처럼 단풍이 조금 물들고 당신의 자동차 문이 닫히던 그때처럼.

기차

시간은 지나가게 마련이다. 나뿐 아니라 당신도 모르게.

기차가 간다. 해가 저물고 있다. 휴일이라 사람이 가득하다.
어쩔 수 없이 나는 당신과 떨어져 앉았다. 어쩔 수 없이,
라고 생각하는 것은 나뿐일 것이다. 당신은 아무것도 모른
채 아마 이어폰을 꽂고 있겠지.

　해가 기울어 왼편 창 쪽에 있다. 저물녘이다. 당신
옆에 앉을 수 있을 거라 기대했는데. 멋대로 예민해진다.
당신 때문이 아니다. 휴일을 만든 사회 구조와 떠밀리듯
어디로든 떠나야 직성이 풀리는 군중의 나약과 강박
탓이다.

　금세 도착할 거야. 잠을 청하기로 한다. 전혀 졸리지
않지만 어쩌면 잠들 수 있을지도 모르지. 물론 그럴 리
없다. 잠시 후 나는 눈을 뜨고 언짢음과 불안함으로
뒤범벅된 채 서성이는 마음이 될 것이다.

　기차가 흔들린다. 옆에 앉은 사람과 나의 어깨가
닿는다. 눈을 감은 채 옆자리에 앉아 있는 사람이 누구인지

기억해보려 한다. 모르겠어. 알 게 뭐람. 그냥 당신이면
좋겠다. 자꾸자꾸 바라게 된다. 그러니 그렇게 된 것 같다.
정말 어쩌면 옆에 앉아 있는 사람은 당신일지도 모른다.
그렇게 생각하자 나의 마음이 흔들린다. 기차는 점점
빠르게 달려간다. 시간은 지나가게 마련이다. 나뿐 아니라
당신도 모르게. 어딘가로 향해서.

비행

낙담하듯 착해져서, 나는 벌써
너에게 보내줄 단어들을 고르고 있다.

네가 멀리 떠났다. 그 사실을 받아들여야 했다. 돌아오는
버스 안에서 공항에서 있었던 일들을 떠올리려고
노력했다. 그러나 네 웃음 말고는 기억해낼 수 있는 것이
없었다. 며칠 만에 맞이한 좋은 날씨다. 운항 취소라든가
연착 같은 일이 벌어질 리 없는.

　　너는 수줍게 웃으며 말했다. 비행기를 타는 것은
물론이고 공항도 처음 가보는 거라고. 그렇게 말하는
네 얼굴을 빤히 보았다. 알 수 없었다. 농담인지
사실인지. 무엇보다 그렇게 말하는 너의 기분이 어떤지.
물어보았어도 그리고 네가 대답했다 해도, 그 말은 또
어떻게 믿겠어. 무언가 밉고, 몹시 섭섭했다.

　　절차는 무척이나 순조로웠고 처음 가본다는
공항에서 너는 처음 타본다는 비행기 탑승 수속을 척척
해내었으므로 해줄 말도 해줄 일도 없었다. 그래서
팔짱을 끼는 기분으로 지켜만 보았다. 네가 어디로

가는지도 몰랐다. 아주 멀리 가서 오래 머물 거라는 것만
말해주었으니까.

　어디로 가는지도, 그곳이 종착지인지 경유지인지도
모르고 있어서 화가 났던 것 같다. 너를 제외한
아무에게나, 아무렇게나 화풀이를 하고 싶었다. 지금쯤
비행기를 탔을까. 그것도 모른다. 어둑한 버스 안 형광등
불빛 아래에서 알 수 없이 지쳐가는 나는, 지금 네가
하늘의 어디쯤 있을 거라 상상해본다.

　해가 저물고 있는 공중의 시간. 구름 위. 이따금
보이는 바다와 대륙의 어딘가. 그러자 언젠가 비행기에서
본 적이 있는, 산속 불 켜진 마을을 다시 보는 듯했고,
그러자 마음이 가라앉기 시작했다. 그래. 네가 닿을 곳은
여기와 다른 곳이겠지.

　어쩐지 네가 도착할 그곳은 내가 들어본 적
없는 나라의 도시일 것만 같다. 네가 엽서라도 한 장

보내주었으면 좋겠다. 나의 주소를 몰라도 어떻게든 보낼 방법은 있을 것이다. 거기 답장할 수 있는 주소가 적혀 있다면 기쁠 텐데. 낙담하듯 착해져서, 나는 벌써 너에게 보내줄 단어들을 고르고 있다.

꽃집

선생님. 이 앞에 슬픔이 서 있어요.

종일 이국의 도시를 헤매다가 나는 작은 꽃집을
맞닥뜨리게 되었고 그 앞에 서 있는 슬픔을 보았다.
수줍은 것도 아니고 반가운 것도 아니어서 나는 대책도
없이 꽃집에 들어가버렸던 것이다. 숨는 사람처럼,
꽃을 사겠다는 생각은 아예 없이.

　꽃집의 주인은 중년이었고 그는 영어를 할 줄 몰랐다.
나는 되도록 간단한 영어로 설명해보려 애를 썼지만,
꽃집 앞에 서 있는 슬픔이란 설명될 수 있는 것이 아니었고
얼마 지나지 않아 나와 꽃집의 주인은 서로를 멀뚱히
바라보는 처지에 놓이게 되었다. 꽃집의 불빛은 낮고
어두웠으므로 우리의 그림자는 이상토록 다정했다.

　간신히 검지를 들어 앞에 놓인 노란 꽃을 가리켰다.
한 송이만, 한 송이만 주세요. 내 입에서 나온 말은
모국어였으므로 그것을 어떤 포기였다고 하자. 꽃집의
주인은 고개를 끄덕이고는 노란 꽃을 다발로 들고 하얀

159

종이에 둘둘 마는 것이었다. 이미 내겐 방법이 없었으므로
그것을 받아드는 수밖에 없었다.

　　나는 서둘러 지갑을 꺼냈다. 꽃집의 주인이 부르는
값을 알아들을 수 없어, 되도록 큰 액수의 지폐를
건네면서, 선생님. 이 앞에 슬픔이 서 있어요. 어쩌지 못해
이곳에 들어왔는데요. 나가기가 두렵네요. 그러나
내 입에서 나온 말은 그의 말도 아니고 나의 나라말도
아니며 영어는 더더구나 아니었다. 그런데도 그는
가만히 고개를 끄덕였다.

　　가게 밖에는 한층 더 어두워진 골목만이 있을 뿐
아무것도 없었다. 노란 꽃을 다발로 들고 서 나는 손에
있는 잔돈을 내려다보았다. 노란 꽃다발은 너무나 값쌌다.
여태 나는 그 꽃의 이름을 알지 못한다.

생일

더 특별한 사람이 어딨어. 나는 웃으려고 했고
거짓말처럼 머리카락이 흔들렸다.

오늘은 당신의 생일인데 아무것도 하지 않았다. 당신을
알고 지내게 된 후 한 번도 그냥 지나치질 않았었는데.
매년 당신에게, 당신의 생활에 어울릴 만한 선물을
준비하고 꼼꼼히 포장해 건넸었다. 빙빙 돌리고 돌리다가
결론적으로는 축하한다는 의미가 담긴 편지와 함께.

　　앉아 있는 곳 위로 구름 그림자가 드리워졌다가
사라지길 반복하고 있다. 그때마다 아마 나는 어두웠다가
환해질 것이다. 오늘은 바람이 거센가 보다. 별로 그런
것 같지 않은데. 한 방향으로 휘어지는 가로수 가지들을
보면서 나는 손을 감추고 싶어지는 거였다.

　　타인의 생일이란, 물론 내 생일도 거추장스러운
부분이 있다. 우리는 이미 태어나 매일매일을 살고 있는데
왜 축하를 건네고 또 받아야 하는 것일까. 수만 가지의
우연에 우연이 만나 살아 있는 지금을 축하해야 하고
또 축하받아야 하는 것이 아닐까. 생일이란 무료함이

상상해낸 축일에 불과하다고 생각했었다. 하지만,
　　당신의 생일은 언제나 특별했지. 뭐든 감추고 말하지
않는 당신만큼이나. 아니 특별했다 생각했을 뿐일지도
모르지. 더 특별한 사람이 어딨어. 나는 웃으려고 했고
거짓말처럼 머리카락이 흔들렸다. 바람은 창밖의 것인데.
하지만 나는 움직이지 않았다.

안부

당장은 아무도 모를, 오늘의 안부가 시작되었다.

눈을 뜨자마자 전화기부터 확인했다. 아무 메시지도 와 있지 않았다. 비로소 어제가 끝이 났다 싶었고 누운 채 섭섭함인지 괴로움인지 알 수 없는 지금의 감정에 대해서, 생각하려고 노력해보았다. 얼음을 깨어 먹는 사람처럼 조금 차가워져서.

최대한 기척을 내지 않으려고 노력했다. 이불을 개어놓고 바지와 셔츠를 입고 제일 좋아하는 잔을 꺼내 우유를 담는 동안 나는 조심조심 움직였다. 그렇지 않으면 무언가 쏟아질 것만 같았다. 물을 끓였다.

면도하다가 말고 전화기를 꺼내 당신에게 가벼운 아침 안부를 전했다. 면도가 다 끝날 때까지 답은 오지 않았다. 창밖으로 잘 차려입은 여자가 지하철 쪽으로 가는 것이 보였다. 그녀가 보이지 않을 때까지 내다본 거리는 온통 환한 아침.

식탁 의자에 앉아서 달력을 보았다. 두근거리던

날들과 시큰거리던 날들이 쉼 없이 지나가고 있었구나.
이게 마지막이야. 정말. 나는 그렇게 생각했다. 여전히
답장은 오지 않았고 이제 출근을 해야 한다.

그때 전화가 한 번 울렸다. 당신은 아니었고 그러나
나는 조금 괜찮은 것 같았다. 어쩌면 괜찮아지려
노력하는 것일지도 모르지. 어느 쪽이든 상관없어. 나는
인사를 한 거고 이른 오전은 이렇게 환하며 나는 꿈도
없는 잠을 잤으니까.

문이 잘 잠겼는지 확인하고 나서야 엘리베이터 버튼을
눌렀다. 다시 전화기가 울렸지만 꺼내보지 않았다. 그저
꼿꼿하게 서 있을 뿐이었다. 어쨌든 엘리베이터 문이
열렸다. 당장은 아무도 모를, 늦은 밤 혹은 내일 아침에야
확인할 수 있을 오늘의 안부가 시작되었다.

선풍기

나타났다 사라지고 다시 나타났다가
종내 어디론가 사라져버리겠지만.

가을은 선풍기를 거두는 계절. 선풍기 앞에 쪼그려
앉아서 그런 생각을 한다. 그런 생각을 하면서 망을
떼어낸다. 사이사이 숨어 있는 한 계절의 먼지, 먼지들.

　　부모님과 함께 살 때도 선풍기를 꺼내오고 넣어두는
것은 나의 일이었다. 해가 길어지기 시작하고 창밖이
초록이 되는 그럴 즈음의 주말 아침이면 나는 창고로
가서 선풍기가 든 해진 상자를 꺼냈다.

　　부모의 신혼살림이었다 했나. 오래된 선풍기의
먼지를 닦아내고 조립하면 반투명한 파란 날개를 가진,
여름의 물건은 근사했다.

　　그 앞에서 젊은 아버지와 더 젊은 어머니와 어린
나와 동생은 수박을 먹었고 텔레비전을 보았으며 옹기종기
모여 까만 밤을 더 까만 잠으로 칠하고 칠했을 것이다.
문득 궁금하다. 그 시간은 어디로 날아가버렸을까.

　　가을, 나는 지금의 선풍기를 닦으면서, 또 내가 이

앞에서 보낼 시간을 생각한다. 그 역시 빙글빙글 돌아가는 선풍기의 날개처럼 반복되며 내 앞에 나타났다 사라지고 다시 나타났다가 종내 어디론가 사라져버리겠지만.

　어느 해 여름의 끝. 나는 부주의하여 그 반투명한 파란 날개의 끝을 부러뜨린 적이 있었다. 아버지는 그것을 노란색 고무 본드로 붙였었다. 나무라지도 않고 정성껏. 다음 해 여름, 나는 잊지 않고 있다가 붙어 있는 자리를 확인하며 참으로 감쪽같구나 싶었었다.

그날

당신은 참 나쁘다. 여전히.

그날. 우리는 저녁에 만났다. 자주 만나는 장소와 시간에.
나는 그때도 지금까지도 그곳과 그 시간을 사랑한다.
오갈 곳이 없다는 생각이 들 때 끌리듯 그리로 가서 한동안
머물곤 한다.

그날. 우리는 저녁을 먹었다. 당신은 내게 메뉴를
정하라고 했고 나는 화를 냈다. 당신이 원하는 것을
고르라고. 미안했지만, 당신이 무언가 원하는 모습을 보고
싶었다. 그 무렵 나는 그런 것을 바랐다. 당신이 이것,
하는 그 순간과 같은.

그날. 식사를 마친 당신과 나는 공원에 앉아 있었다.
이른 여름인데도 모기가 있었다. 나는 끝없이 농담을
하고 짓궂은 장난을 쳤다. 당신이 웃는 것을 보고 싶었다.
밤안개가 있었던 모양이다. 당신이 웃는지 어떤지 흐릿하여
기억이 나지 않는 것을 보면.

그날. 그날. 나는 계속 그날에 대해 생각한다. 당신은

어떤지 모르겠다. 당신도 그렇겠지, 생각해버리면 나는 아무것도 할 수 없다. 그날이라서. 올 날이 아니라 가버린 날이라서. 나는 자꾸 그날을 곱씹는다. 그 저녁과 밤.

　　그날. 당신은 한 그릇 밥도 다 먹지 못했다. 당신은 조용히 걸었다. 당신은 아무것도 피하지 않았고 가만히 모두 다 들었다. 하나도 놓치지 않겠다는 듯. 그렇게 그날은 그날이 되었다. 그리고 나는 그렇게, 작별의 날을 보낸 것이다. 당신은 참 나쁘다. 여전히.

밤 산책

찌릉찌릉 페달을 밟듯. 낙낙하게.
조금은 어둑어둑하게.

더러 겁이 나는 일이지만, 밤 산책이 좋은 것은 오직
한 발 앞만 신경 써야 하기 때문이기도 하다. 졸린데 왜
굳이 나서야 했을까. 하지만 되돌아가기에는 너무
많이 왔으니까 떠밀리듯 조금 더 걸어보기로 한다. 더
추워지면 못할 일이다.

　　한 정거장쯤 걸었을 때, 네가 들려준 이야기가
생각나 피식 웃어버렸다. 밤 산책을 하고 싶은데 너무
무서웠다고. 그래서 자전거를 탔다고. 찌릉찌릉 페달을
밟다가 누가 있으면 무서워서 힘껏 내달렸다고. 그러다
다시 아무도 없으면 다시 찌릉찌릉 여유롭게.

　　밤은 도깨비 때문에 무서워야 하는 건데 말이야, 하고
나는 혼잣말을 한다. 이것도 밤 산책의 장점이지. 혼잣말을
해도 무색하지 않은 걸음. 그리고 작게 노래를 흥얼거려도
되니까. 뒤죽박죽 가사를 틀려가면서.

　　그래서, 자전거를 타고 어디까지 다녀왔느냐고

물어보는 것을 잊었다. 그리 멀리까진 다녀오지 못했을 것 같다 너는. 겁이 많으니까. 그래도 그렇게라도 하고 싶을 만큼 매력적이긴 하지. 혼잣말을 하면서 노래를 흥얼거려도 되는, 밤 산책.

불 꺼진 가게들을 지나치다가 여태 문을 닫지 않은 식빵 가게를 발견한다. 흰빛 환한 가게 안에서 남자 하나가 분주하다. 묶고 풀고 집어넣고 꺼내놓으며. 어서 집으로 가서 도톰하게 부풀어 오르는 잠을 자고 싶을 것이다. 그는. 그의 귀가가 꼭 밤 산책 같았으면 좋겠다. 도깨비 걱정이나 하면서 무사히 걸었으면 좋겠다.

발길을 돌린다. 찌릉찌릉 페달을 밟듯. 낙낙하게. 조금은 어둑어둑하게. 혼자 불 밝힌 빵집의 마음으로.

연필

정말 가지고 싶게 된 것은 나를 앞에 두고
당신이 적어간 글자들.

연필을 모으던 적이 있다. 새 연필은 원치 않았다.
쓰던 것, 필통에서 책상 서랍 속에서 잠들어 있던 그런 것을
갖고 싶었다. 한 번 깎고 내버려둔 것도 필요 없었다.
얼마간 무엇이든 적었던, 생각과 속내의 사연을 간직한
그런 연필을 얻기 위해 나는 사람들을 만나면, 연필이
있느냐고 묻는 거였다.

　　당신에게도 연필을 달라고 했다. 당신에게는 연필이
없었다. 나는 연필을 쓰지 않아요, 하고 당신이 말했을
때 그렇다면 나중에라도 당신의 연필을 가지고 싶다고
했고 당신은 대답하지 않았다. 그래도, 그래도. 그러고는
다음에. 우리가 다시 만나게 되었을 때.

　　잠깐 기다리라고 했던 당신은 한참 뒤에 돌아왔다.
당신은 주머니에서 연필을 꺼냈고 그것은 새 연필이었으나
곧장 칼을 꺼내 그것을 깎은 당신은 무언가를 적기
시작했으며 한참이나 적었으며 더는 새것이 아닌 그 연필을

내게 건넸다.

　　그리하여 마침내 나는 당신의 연필을 갖게 되었으나
정말 가지고 싶게 된 것은 나를 앞에 두고 당신이 적어간
글자들이었다. 그러나 나는 그것을 달라고 하지도
못하였으므로 그때 당신이 무엇을 적었는지 영영 알 수
없게 되었다. 이제 나는 연필을 모으지 않는다.

불면

새벽을 통과해 아침이 오기까진 아직도 한참 남아 있었다.

잠이 오지 않는 밤이면 나는 많은 상상을 한다. 어떤 날엔 코끼리가 되어보기도 하고 어떤 날엔 강속구를 던지는 투수가 되기도 하고 이것도 저것도 할 수 없을 땐 눈앞에 떠 있는 천장을 흉내 내어보기도 하는 것이다.

꾸며 생각할 것이 다 떨어져버리는 밤이면 나는 내 눈을 감고 눈 속을 들여다본다. 그 속엔 지나온 일들이 깜깜하게 묻혀 있는 것만 같다. 열심히 들여다보면 필름이 끊어지듯 툭 잠들어버리는 운 좋은 때도 있다. 물론 이 일엔 기진맥진할 정도의 인내가 필요하다.

이마저 실패하면 나는 가만히 일어나 스탠드를 켜고 빛과 어둠의 경계를 멍한 눈으로 바라보곤 하는 것이다. 그때 그곳으로 찾아오는 온갖 그림자들, 내가 지나쳤거나 나를 지나친 모든 것들의 잔상이 떠오르고 그렇게 한참을 생각하는 것도 상상하는 것도 아닌 자리에 놓이게 되는 것이다.

오늘 밤도 그랬다. 눈앞과 눈의 깊숙한 속을
들여다보다가 도무지 견딜 수 없다는 듯, 이불을 걷어내었다.
부엌으로 가기 위해서. 찻물을 올리고 식탁에 앉아
가만가만 불어가며 차를 마시기 위해서. 그러고도
잠이 오지 않으면 부옇게 떠오르는 조그만 부엌 창을
보기 위해서.

창밖을 보는 순간. 나는 믿을 수 없는 감정에
빠졌는데 창밖에 그것이 있었기 때문이다. 나는 분명
내가 꿈을 꾸는 것이라고 생각했고 두 눈을 비벼보기도
했으나 그것은 사라지지 않았고 꿈도 아니었다. 딸각.
전기 포트의 스위치가 올라가는 소리가 들렸고 더운물이
내미는 기운이 코끝에 맺혔다.

나는 그것이 놀라 사라질 수도 있으므로 천천히
의자를 빼내어 앉아서 한참이나 보았다. 참 보기 좋았다.
그래서 나는 짜증을 잊은 채 어떤 날엔 잠을 좀 못 이루어도

좋을 수도 있겠구나 생각했다. 아침이 오기까진 아직도
한참 남아 있었다.

정리

버린 것들은 돌아오지 않는다. 그것이 감정일지라도.

책장을 바꿔야겠다 생각한 것은 일주일 전이었다.
맥주를 몇 잔 마시고 들어왔고 집은 당연하다는 듯 비어
있었고 좀처럼 덥혀지지 않는 몸을 쓰다듬었다.
문득 그의 책들이 가지런히 꽂혀 있는 책장이 눈에 들었다.
책장 바꿔야겠어. 그러면 자연스럽게 그의 책들도
정리가 될 테니.

엉망이 된 방 가운데 서서 바닥에 어질러놓은
책들을 둘러보았다. 어디서부터 시작해야 하는 것일까.
망설이다가 무작정 책을 한 권 집어 들었다. 내지에 날짜와
구매한 서점 이름이 쓰여 있었다. 나의 글씨가 아니었다.
잠시 울고 싶어졌다. 책과 날짜와 서점과는 관계없이.

책을 빼내 정리하고 헌 책장을 버리는 며칠 동안
평소에 쓰지 않던 몸의 작은 부분들까지 모두 불러내야
했다. 혼자서는 도저히 엄두가 나지 않는 일들을 하며
멀리 사는 어머니를 떠올렸다. 힘들고 어려운 일이

있을 때마다 집을 뒤엎던 사람. 그녀를 조금 더 이해할 수 있게 되었다고 믿었다.

책장의 크기나 색 같은 것으로 망설이지는 않았다. 그것보다 어려운 것은 새것이 불러오는 낯선 감정이었다. 책장의 구성품들이 들어 있는 커다란 박스가 도착했을 때 나는 내 결정을 후회해야 한다고 스스로를 다그치기도 했다.

그리고 바닥의 책들이 모두 책장에 꽂힌 저녁 즈음. 혼자가 되었다. 버린 것들은 돌아오지 않는다. 그것이 감정일지라도. 여실하게 느끼고 있다. 새 가구가 책에 쌓여 있던 먼지를 천천히 껴안는 냄새가 난다. 진한 색으로 해가 지고 있다. 방이 온통 붉게 변하고 나는 아프기도 하고 좋기도 하다.

뒷모습

바람이 불어 사진들, 일제히 흔들린다.

이 방의 주인은 뒷모습 수집가. 카메라로, 어떨 땐 그림으로
글로 뒷모습을 남겨둔다. 떼어내고 싶은, 감춰두었다가
몰래몰래 꺼내보고 싶은 뒷모습을 수집한다. 그렇게
모아둔 각양각색의 뒷모습들은 방 한쪽 벽에 가득 붙어
있다. 어떤 고요의 풍경처럼.

　　어제는 비가 내렸다. 저녁. 그는 평소처럼 뒷모습을
찾아 거리에 서 있었다. 코트 깃을 올리고 우산도 없이
걸어가는 남자의 뒷모습도, 긴 부츠를 신고 케이크 상자를
든 채 바쁘게 걸어가는 여자의 설레는 뒷모습도 그러나
그는 그저 지켜보고 있었다.

　　조금 슬펐던 것 같다. 그는, 조금 울 수도 있었을
것이다. 어쩌면 정말 울었을지도 모른다. 검고 납작한
우산 아래 그의 얼굴은 잘 보이지 않았지만 그의 발밑에
떨어지고 이따금 고이는 물이 빗물만은 아니었을 거라고
생각한다. 노란 우산을 쓰고 지나가던 사내아이가

뒤를 돌아본 것은 그런 이유였을 것이다.

　　그토록 오랜 시간 동안 그가 찾고 있던 뒷모습은
어떤 모양이었을까. 그의 방 한쪽을 장식한 그 뒷모습들은
실패의 기록일지도 모른다. 방의 작은 창문이 열려 있는
모양이다. 바람이 불어 사진들, 일제히 흔들린다. 무수한
뒷모습들이 움직여 떠나가고 있다. 차츰. 멀리. 그는
그런 사실을 모르겠지. 그중 하나가 떨어져 구석의 보이지
않는 곳으로 마침내 숨었다는 사실도.

고속버스

나는 내내 후회를 뒤로 미루고 있다.

버스 안은 축축했다. 그게 창밖에 내리고 있는 비
때문인지 승객들의 덜 마른 꿈 때문이었는지 알 수 없었다.
아무튼 버스 안은 따뜻했고, 창문은 습기로 뿌옇게
변했으나 그리 좋은 느낌은 아니었다.

　　손에 책을 한 권 들고 있었다. 출발하기 전 터미널에서
구매한, 들어본 적 없는 작가의 추리소설이었다.
결말이 뻔해 보였지만 수면제처럼 잠들 수 있게 할지도
몰라서 구입한 것이었다. 하지만 정작 버스가 출발하자
머리가 아파왔고 축축함 때문에 책을 넘겨볼 수도 없었다.

　　가만 생각해보면 그의 연락이 와달라는 것이었을까.
너무 성급하게 출발해버린 것은 아닐는지. 도착해봐야
알 수 있는 거겠지. 터미널로 가면서, 도착해 티켓을 사면서,
버스에 타면서 내내 나는 후회를 뒤로 미루고 있다.

　　낮게 소곤거리는 소리. 마른기침. 그리고 침묵.
누군가의 어떤 것이 바스락대고 다시 침묵. 눈은 감은 채

그 모든 소리를 듣고 있었다. 감은 눈 너머로 가로등 불빛이 규칙적으로 나타났다가 사라지고 그러다 깜빡 내가 어디에 있는지 잊어버리기도 하면서.

어쩌면 스스로를 다독거리는 중일지도 몰랐다. 얼마나 달려왔는지 얼마나 달려가야 하는지 더는 궁금하지 않았다. 먼 도시에서 나를 기다리고 있는 어떤 일들의 면모도.

괜찮다

지구에 있는 모든 생물체가 서로를 향해 안부를 물어볼 때.

괜찮은 거냐는 질문을 다섯 번이나 들은 날이다. 괜찮다는
대답을 다섯 번 한 날이다. 무슨 일이 있었는가, 하면
아무 일도 없었는데도. 마지막으로 질문을 들었을 때에는
조금 짜증을 섞기도 했었더랬다. 어제와 다르지 않은
하루였다. 다만 비가 내리고 있었다. 그것뿐인데. 그렇게
생각하면서 우산을 조금 더 기울였다.
　　괜찮으냐는 질문은 괜찮지 않아 보였기 때문이
아니었을까. 뒤늦게 생각이 드는 거였다. 괜찮다고
대답할 것이 아니라, 스스로 괜찮은가 되물어보아야 했던
것이었네, 하는 후회가 찾아오기도 했다.
　　한편으로는 괜찮으냐는 질문은 꽤나 근사한 것이
아닐 수 없다 여겨지기도 했으니. 지구에 있는 모든
생물체가 서로를 향해 안부를 물어볼 때 모든 것은
조금씩이나마 나아질 수도 있는 거겠지 싶은 것이다.
　　괜찮다, 괜찮다. 비가 세 음절로 떨어진다. 나뭇잎이

세 음절 바람에 흔들리고 잎들이 세 음절로 젖어간다.
그런 기척들 속에서 나는,
　　　우산을 고쳐 쓰면서, 다섯 번이나 들은 질문을
새삼스레 곱씹고 있다. 버스를 기다리던 마음은
진작 흘려보내버렸고, 괜찮아지려고, 오늘 다섯 번의
대답처럼 정말 괜찮으려고 노력하는 사람이 되었다.

가을

나는 오래 눈을 감고 있었다.
움직이면 넘칠까 봐 겁내는 한 컵의 물처럼.

세상은 메말라가고 사람은 죽기도 한다는 것을 배운
그때쯤. 나는 유품을 찾으러 오라는 전화를 받고 아버지의
사무실로 갔다. 돌아가신 지 한 달이 좀 안 되는 어느
날이었고 늦가을의 저녁이었고 빈자리는 서늘했다.
어디서부터 손을 대야 할지 알 수 없었다. 남긴 것 없이
남은 것만 있는 사무실 책상을 짚고 한참을 서 있었다.
어디에 시선을 두어야 할지 알 수가 없었다. 누가 물을
한 잔 두고 갔다. 고맙다는 인사도 못했는데 벌써 문이
닫혔다. 왜 물일까. 내가 울기라도 해야 한단 말인가.
도대체 한 컵만큼의 눈물을 쏟으려면 얼마나 울어야 할까.
나는 조금 비뚤어져서 그렇게 생각했다.
　　딱히 어느 방향도 아닌 쪽으로 엉거주춤 서서
바라본 창밖으로는 옆 건물의 벽만 보였다. 그리고 시내로
이어지는 길을 내달리고 있을 자동차와 오토바이의
소리들. 멍하게 그 소리를 듣던 나는 죽고 못 살던 사이였던

것처럼 이럴 필요는 없는데 생각했고 웃음이 나왔고
문 너머로 웃음소리가 들릴까 봐 입을 막고 한참을 있었다.
점점 입안이 말라왔지만 물을 마시기는 싫었다. 어서
나가고 싶을 뿐이었다. 서둘러 가지고 온 박스에 몇 권 책과
서류 뭉치를 넣었다. 더는 넣을 것이 없었다. 생각보다 너무
가벼운 박스가 꼭 추억 같아서 나는 쓸쓸해졌다.

　문득 책상의 한 귀퉁이가 눈에 들어왔다. 아니 그
위에 적혀 있는 글자가. 나는 그것을 유심히 들여다보았다.
아버지의 필적이었다. 힘주어 눌러 쓴, 아니 거의
새겨놓은 듯한 내 이름이 거기 있었다. 들여다보아도
그것 말고는 아무것도 적혀 있지 않았다. 뭐였을까.
잠시 생각해보았지만 알 수 있는 일이 아니었다. 그래서
나는 어느 저녁 이 자리에 앉아 어둑어둑해지는 건너편
건물의 외벽을 바라보다가 뭔가 떠오르기라도 한 듯
한 자 한 자 적고 있는 아버지를 상상해보려 애썼다.

그러자 거짓말처럼 스르륵 아버지 모습이 뒤로 물러나는
것이었다. 바퀴 달린 의자를 뒤로 미는 사람의
모습처럼. 어떤 미끄러짐으로. 천천히 멀어져 보이지
않을 때까지.

　　계속 계속 창밖은 더 어두워질 수 없을 때까지
어두워졌고 차들은 여전히 내달리는 중이었다. 옆방에서
누가 짧게 헛기침을 했을 뿐 건물 안에서 들려오는
소리는 없었다. 나는 오래 눈을 감고 있었다. 움직이면
넘칠까 봐 겁내는 한 컵의 물처럼. 가만히.

사진

바다, 하면 떠오르는 사람들의 이름들.

모래사장과 수평선만 있다. 우연히 셔터가 눌린 것처럼 어색한 구도로 기울어진 사진이다. 읽던 책 사이에 꽂혀 있었다. 처음 보는 사진이었으나, 잊은 것이겠지. 직접 찍었거나 누구에게 받았거나 했을 것이다. 책을 내려놓고 한참을 들여다보았다. 사진 속 여긴 어딜까.

마음이 다 삐걱거린다 싶게 궁금했다. 사진에 담긴 풍경 속으로 가보고 싶어졌다. 어쩌면 이미 다녀온 곳일 텐데도. 하여 서툴게 지금껏 다녀왔던 바닷가들의 이름을 세어보는 것인데, 이토록 많은 곳을 다녀왔던가 싶었고, 미처 기억해내지 못했을 풍경들에게는 미안한 마음까지 생기는 거였다.

마음 한구석으로 바다, 하면 떠오르는 사람들의 이름들이 파도처럼 찾아온다. 나는 그들과 바닷가에 갔으며, 그들 중 몇몇은 바닷가에서 태어났고, 우리는 잔뜩 신이 나서 혹은 완전히 혼자가 되어서 그곳을 뛰어다니고

걷고 빠지고 일행으로부터 떨어져서 모래 위에 무언가
적기도 했던 것이다.

　손바닥이 따듯해졌다. 아마 볕이 닿아서. 새하얀
날에 모래사장과 지평선이 길게 아주 길게 이어지는 동안
출처를 알 수 없는 사진 한 장이 손과 함께 따듯해져
오는 휴일 오전. 기억해내지 못해도 상관없다. 싫어지는
마음을 참느라 책상 앞에 사진을 붙여두었다. 창밖. 소리
없이 비릿한 바람이 다가왔다 지나갔다.

터널

당신을 보고 싶은 마음이 그때와 닮았다는 그런 이야기.

언젠가 당신에게 들려준 적 있었던 것도 같다.
긴 터널의 이야기. 아마도 사람은 지나갈 수 없는
곳이었겠으나 무심코 들어서버린, 한참을 걷던
중에야 사람이 들어서선 안 되는 구역이라는 것을 알게
된 그쯤에선 되돌아갈 수도 없게 되어버린, 그래서
앞으로 앞으로 걸어가야만 했던 그 새벽의 길디긴 터널에
대한 이야기.

　　너무 무서웠고 무엇이 무서운지도 모르면서
무서웠기에 나는 노래를 불렀고 그러다가 영영 이 터널을
지나지 못할지도 모른다는 기분에 사로잡혀 침묵한 채
길을 잃은 들짐승처럼 발끝만 보며 걸었던.

　　그 터널을 걷는 것은 생의 한 국면에 대한 비유인 것만
같았고 너무 슬퍼서 조금은 울었던 것도 같다고 그래도
나는 혼자였고, 울음은 커다란 침묵 속으로 빨려 들어갔고
감정마저 소모되어 지쳐갔었다고.

그 긴 터널 끝에서 나를 맞이한 것은 새벽의 달이었고 별은 이미 보이지 않을 만큼의 시간이었지만 그럼에도 별을 읽고 길을 찾아낸 들짐승처럼 간신히 드러난 보도를 만났고 그럼에도 내가 할 수 있는 것은 그 보도를 따라 걷는 것뿐이었다고 당신을 보고 싶은 마음이 그때와 닮았다는 그런 이야기였던 것 같다.

첫눈

손으로 받아낸 조용한 눈송이 몇 개를 쥐고
주머니 속에 넣으면 당신이 올 것 같았다.

모든 기억에는 눈이 내린다. 그날. 아득함과 서늘함의
사이로 난 골목 한끝에서 나는 당신을 기다리고 있었다.
상점들 문을 열지 않은 겨울 이른 오전. 이따금 다 마른
낙엽의 어색함이 나뒹구는 계절. 앙상한 나뭇가지들이
살피는 공중은 멈춰 있었고, 나는 그런 공중을 올려다보고
있었다. 까마득한 높이에 점이 하나 있었다. 그 점은
움직이질 않았다. 새일지도 몰라.
　　나는 숨을 깊게 들이마셨다. 차가운 겨울의
공기가 몸속 깊숙이 들어왔다가 사라져버렸다. 혹시
이렇게 자꾸자꾸 숨을 쉬다가 보면 이 계절의 온도와
내가 같아지는 것은 아닐까 그런 생각을 했던 것도
같은데. 순간 이마에 차갑고 흐릿한 것이 닿았다. 눈이었다.
점점이 눈앞을 메우던 침묵의 파편을 기억한다. 나는 깜짝
놀랐고 한동안 그 우연한 광경을 넋 잃고 바라보고 있었다.
고요의 풍경은 천천히, 분명히 내려앉고 있었으니 나는

춥고 또 춥지 않기도 했었다. 그렇게 눈은 갑자기 내려와
제 몸을 녹였다. 세상 모든 근처에서 조용히.

나는 젖어가는 코트 주머니 속에서 무표정한 손을 꺼내
그 눈을 받아내려고 했다. 그 까마득한 시간을 견디려고
했던 것이다. 기다리고 있었으니까. 당신을. 그래. 나는
당신을 기다리고 있었다. 도저히 올 것 같지 않은 당신을.
매번 봐도 볼 때마다 기꺼운 눈 같은 당신을. 손으로
받아낸 조용한 눈송이 몇 개를 쥐고 주머니 속에 넣으면
당신이 올 것 같았다. 당신을 위한 첫눈. 그 최초의 기억.
그렇게 눈은 점점 짙어졌지. 바람의 기척을 따라. 하지만,
바람은 거의 없었고 나는 그냥 폭설의 복판에 서서
당신의 모든 곳을 상상하고 있었다. 눈물이 날 것 같아서
고개를 한쪽으로 기울인 채.

　　나는 악보 위 잘못 찍힌 음표 같은 사람. 늘 서툴고
외로워서 점점 하얗게 되어가고 있었다. 아이처럼 울고

싶었다. 그게 아니라면 그런 적막 앞에서 나는 어떻게 해야
했을까. 나는 지금도 모르겠다. 시간은 멈춘 게 아니라
한꺼번에 지나간 것이다. 왜 기억 위로 눈이 내리는 건지.
나는 통증을 지우려고 두 눈을 감았는데. 사박사박
당신이 오는 소리가 들렸고 그렇게 듣고 싶었던 소리가
가까워지기 시작했다. 알고 있었는지도 모르지. 눈이
내릴 때부터. 내가 눈을 떴을까. 뜬 눈 앞에 눈처럼 가볍고
하얀 당신이 서 있었을까. 그래서 나는 주머니 속
그 첫눈을, 최초의 기억을 꺼내어 당신에게 건넸을까.
지금의 어느 구석 오래도록 낡은 의자에 앉아 두 눈을
감고 있는 나처럼. 나처럼.

약속

나는 기분이 좋아져서 모두 괜찮은 것 같았다.

그날 오후는 참 환했다. 포근했던 며칠 중 가장. 병원
안에선 장례식장 앞에서만 흡연이 가능하다고 했다.
그는 나를 그리로 데려갔다. 거기서 그는 담배를 피웠다.
환자복 속 그의 몸이 더 까맣게 말라 보였다.

　그는 과묵했으므로 나는 평소보다 더 많은 말을 해야
했다. 침묵이 길어지는 것보다는 그편이 낫다고 생각했다.
멧새가 지나갔다. 그는 보지 못했다고 했다. 정말이지 그날
오후는 너무 환했다. 표정이 속속들이 보일지도 몰라 그늘
쪽으로 더 움직이고 싶었지만 어디에도 그늘은 없었다.

　건물 안에서 뛰어나온 아이 하나가 물리듯
벽에 기대어 울음을 터뜨렸다. 그는 우는 아이를 물끄러미
바라보며 말했다. 슬픈 사람은 뭘 해도 괜찮아.

　죽지 마세요. 나는 그렇게 말했고 죽지 않는 사람이
어딨어. 그는 그렇게 대답했다. 그래도 죽지 마요.
그래, 안 죽을게. 그가 나의 머리를 쓰다듬어주었다. 아니

쓰다듬어주면 좋겠다 싶었고 그대로 믿어버렸는지도 모르겠다. 잠시 아무것도 보이지 않았다. 너무 밝은 날이었기 때문이다. 아이는 그칠 줄 모르고 울었다. 그는 더 이상 그 아이를 보지 않았고 나는 기분이 좋아져서 모두 괜찮은 것 같았다.

포근했던 며칠 중 가장 환한 날, 나는 담배를 피우며 그런 그를 추억하고 있다.

입동

바다의 연혁과 생애를, 감정을, 소리와 온도를
허락도 받지 않고 감추는 기분.

주머니에 손을 넣었다가 무언가를 만지게 될 때. 꺼내본
그것이 조그맣고 검은 돌멩이였을 때. 돌멩이의 매끄러운
단단함이 낯설지 않을 때. 그것은 지난겨울의 물건이고
지난겨울 바다에 대한 기억이고 어디선가 겨울 바다
냄새가 나는 것 같을 때.

오랜만에 본 바다였고 불쑥 나타난 바다였고
누군가를 내려주고 난 뒤의 바다였고 그러니 혼자의
바다였는데. 그런 겨울 바닷가에서는 무작정 걷게 되는
것이다. 그런 걸음은 작고 검고 매끄러운 단단함을 가진
돌멩이 앞에서 멈추게 되는 것이다.

허리 굽혀 그것을 집어들었을 때 하나가 하나를
만나도 여전히 하나로 남아 있다는 허무함에 사로잡히고
말았다. 너도 그렇구나. 나도 그렇거든. 하고 중얼거리면서
저녁이 되어가는 바닷가의 모래사장에서 그것을 주머니에
넣었었다. 잊고 있었다. 일 년이 지나가도록.

그때의 나는 무언가 훔치는 기분. 그 바다의
연혁과 생애를, 감정을, 소리와 온도를 허락도 받지 않고
감추는 기분. 그것은 기억이 아니며 기록도 아니고
망설이며 서성이다가 삼키고 마는 사라짐 같은 어떤 것.
　　나는 우두커니 입동의 구석에 서서 사라지고
말았으며 사라지지 못한 것들을 그리워하는 사람이
되었다.
작고 검고 매끄러운 단단함을 지닌 돌멩이 하나가 손바닥
위에서 차츰차츰 겨울의 온도를 닮아가고 있었다.

두 시

모든 사건이 지나가버린 시간의 맨 끝과
찾아올 시간의 맨 앞 사이에 놓여 있었다.

그는 막차를 타고 돌아왔다. 간단히 샤워를 마치고
책상에 앉은 그의 앞에 새벽 두 시가 일기장처럼 펼쳐져
있었다. 그는 이 시간을 사랑했다. 그래서 이따금 그는
이 시간을 책상 앞에서 맞이하기 위해 일부러 막차를 타고
돌아오기도 했다. 정류장에서 집까지 오는 동안 그는 많은
것들과 맞닥뜨렸다. 빛은 빛이 났고 어둠은 어두웠으며,
대부분의 것들이 숨을 죽이고 있었다. 그는 그런 시간이
되어야 자신이 내는 기척을 고스란히 받아들일 수 있었다.
　　책상 앞에서 뭔가 대단한 일을 하는 것은 아니었다.
책을 뒤적이거나, 내킬 때나 쓰는 일기장을 폈다. 새벽
두 시는 모든 사건이 지나가버린 시간의 맨 끝과 찾아올
시간의 맨 앞 사이에 놓여 있었다. 그러므로 대개 그는
아무것도 하지 않았다. 그는 잠시 머물렀고 책과 일기장을
덮고 잠자리에 들어 쉽게 꿈속으로 빠져 들어갔다.
　　오늘 그는 어떤 사람을 떠올려보기로 마음먹었다.

지금 그가 떠올리려 노력하는 사람은 상상 속의 존재.
그러니 어떤 이름을 붙여주어도 좋을 거였다. 형이라는
이름은 어떨까. 형이라는 사람은 어떤 소리를 내고
있을까. 형이는 곤히 잠들어 있고 색색 숨소리를 내고
있을지도 모른다. 아니면, 한숨을 쉬듯 길게 담배 연기를
내뿜고 있을지도 모른다. 술집에서 깔깔대며 웃고
있을지도. 어쩌면.

　　형이는 책상에 앉아서 누군가를 상상해내고 있을지도
모른다. 그렇다면 새벽 두 시 책상에 앉아 형이를
상상하고 있는 그는 형이가 상상해낸 존재일지도 모르지.

　　그런 생각에 이르자 그는 허리를 곧게 세우고,
자신이 알고 있는 것 중 가장 가볍고 부드러운 콧노래를
흥얼거리기 시작했다. 형이가 편히 상상할 수 있도록.
사람은 쉽게 어리석어지기 마련이다. 그는 자신의
이 우스꽝스러운 어리석은 짓들이 몹시 마음에 들었다.

그는 하품을 했다. 역시 기분 좋은 시간이었다고
중얼거렸는지도 모르지.

그는 길고 길게 기지개를 켜고 자리에서 일어나
불을 껐다. 어둠 속에서 누군가 귀를 기울이는 기척이
있다. 고개를 숙여 조금이라도 더 자세히 듣겠다는 듯.
그건 형이일지도 몰라. 이내 그는 규칙적인 숨소리를
내며 잠들었다. 그러고도 한참 시간이 지났다. 어쩌면 이제
형이의 차례. 곧 다음 날이 될 테니. 잠들어야지. 깊이깊이.

귀가

더 오래 한 사람을, 한 사람만을 생각하고 싶어서.

집으로 가는 길은 언제 시작되는 것일까.

이제 그만 퇴근해야겠다고 마음먹고 컴퓨터의 종료
버튼을 누를 때. 아니면 엘리베이터의 숫자에 손을 댈 때.
혹은 가는 길에 들른 서점 문을 열고 나올 때. 어쩌면,
책이 든 종이 가방을 앞뒤로 흔들며 버스를 기다릴 때나
버스의 침침한 불빛 아래서 못 참고 새 책을 펼치는 순간에.
그러다가 책을 소리 나게 덮고.

그냥 한 사람을, 한 사람만을 생각하게 될 때. 그래도
될 때. 창밖은 어느새 완연한 겨울이고 가로수 가지들
가늘게 말라가는 중에 한 사람을, 한 사람만을 생각하게
될 때. 집으로 가는 길은 시작되는 게 아니었나.

그러니 나의 귀가가 시작되었다고 알려주고 싶었다.
책을 무릎에 내려놓고 덜컹덜컹 흔들리며 나는 집으로
가고 있습니다. 열두 정거장 뒤에 내려서 또 한 번 버스를
탈 때에도 나의 귀가는 진행 중이며 다섯 정거장을

더 가 마침내 최종 정류장에 도착할 때에도 귀가는
끝이 나지 않겠습니다.

정류장에 내리면 일부러 돌아가는 길을 택할지도
모르겠다. 느린 걸음으로 집까지 남은 거리를 천천히
줄여가면서 책이 든 종이 가방을 앞뒤로 흔들지도.
더 오래 한 사람을, 한 사람만을 생각하고 싶어서.

전화

당신에게도 뚝, 하는 것이 느껴졌을까. 적막했을까.

뚝. 정말 그런 소리가 들린 것은 아니다. 그럼에도 뚝,
하는 소리가 났다고 생각했다. 그것은 손끝으로 전달되는
감각이기도 했다. 전화기의 화면이 깜깜해져버렸다.
배터리가 다 되어버렸구나, 하는 생각과 함께 적막이,
적막이라고밖에 할 수 없는 조용함이 몸을 둘러싸고
방 안을 가득 채웠다.

　　전화기 건너편의 당신을 생각하자면 서둘러
전화기를 충전기에 꽂아야 할 텐데 나는 그저 가만하다.
가만히 서 있다. 전화기를 켠 채 그대로. 조금이라도
서두르면 무언가 망가져버릴 것처럼. 그 무언가가 나
자신일지도 모른다 싶어졌다. 정말 갑자기. 어떤 조짐도 없이.

　　당신은 내가 다시 전화하기를 기다리고 있을까.
기다리다가 먼저 전화를 걸고 있을까. 그렇다면 지금쯤
어찌 된 일인지 눈치챘을 것이다. 그래서 그다음은
어떻게 했을까. 전화기를 놓아두고 다른 일을 하러 갔을까.

그보다, 당신에게도 뚝, 하는 것이 느껴졌을까. 적막했을까.

보이지 않는 것이 보고 싶다. 볼 수 없는 것을 그럴 수 있나. 나는 한 번도 당신이 혼자 있는 것을 본 적이 없다. 적막한 중에 혼자를 망가뜨리지 않으려고 노력하며 있는 당신을 나는 영영 볼 수 없구나. 눈을 감고 무언가를 보려는 사람처럼 참으로 무력해진다. 그리하여,

나는 당신을 당신으로 잠깐이라도 내버려두려 한다. 그러다가 못내 그리워 허겁지겁 물을 마시는 사람처럼 전화를 걸게 될 것이면서도. 그러나 이렇게 있는 것은 아마 당신도 지금 나와 같지 않을까 하는 생각 때문이다. 손에 들린 전화기의 무게를 견디면서. 깜깜하게. 전원이 나간 무언가처럼.

겨울

가지 끝마다 몰래 돋아나기 시작하는 것이 있었다.

올겨울은 왜 이리 긴 거야, 하는 투덜거림에 당신은,
너 작년에도 그렇게 말했는걸, 했다. 그랬나. 작년
겨울도 이렇게 길고 추웠나. 한편으론, 당신과 보낸
겨울을 기억하지 못한 게 민망해서 인상을 썼다. 당신이
엄지손가락으로 내 미간을 꾹 눌렀다. 웃을 수밖에 없었다.
　　그러자 입김이 날렸다. 희미하다. 그렇게 생각하고는
부러 한숨을 길게 내쉬었다. 그래도 입김은 진해지지
않았다. 당신은 이미 딴 곳을 보고 있었다. 온갖 창문이
반짝이는 오전 열한 시 부근. 나는 입김에 입김을 더해
더 진하게 만들어보려 애썼지만.
　　버스는 도무지 올 생각이 없다. 나는 지하철을
싫어하고 당신은 택시를 싫어한다. 서로가 싫어하는
것을 피하면서 보내는 시간이 너무 많지는 않나. 그렇게
둘 중 하나가 생각했던 것 같다. 그러면 어때. 그러라고
함께 있는걸. 둘 중 하나가 생각했던 것 같다.

가지 끝마다 몰래 돋아나기 시작하는 것이 있었다. 이 겨울은 잊지 않아야지, 그럴 수 있을 것 같다. 다음 겨울에 나는, 이번 겨울을 기억한다고, 버스 정류장에서 당신과 이러저러한 대화를 나누었노라고 말해줄 것이다. 으스대면서. 설령 잊더라도, 조금만 잊어야지. 아주 까맣게는 아니게. 더듬대면 언제든 찾을 수 있게. 어쩐지 그럴 수 있을 것 같았다.

다시

당신은 구름처럼 가장 멀고 아득하려다가 흘러간다.

구름이 떠 있다. 창문을 닫는다. 책상에 앉아 연필을
깎는다. 연필을 깎으려는 것처럼 마음을 깎는다. 세차게
바람이 부는 소리가 들린다. 창밖을 바라본다. 그저
평온하게 구름이 떠 있다. 아직 나는 저 구름이 아까의
구름이었다고 생각한다. 생각하기로 한다. 생각하지만
말하지는 않는다. 긴 침묵. 다시 마음을 깎고 구름은
여전히 걸려 있다. 옷걸이에 걸린 모자를 상상하면 된다.
모자. 따뜻해진 모자이다. 오래 잠들지 못했던 사람처럼
등이 따뜻해진다.

　　나는 지금 구름을 보고 있으며 오전은 쉽게 지나가지
않는다. 오전은 구름의 등을 적시고도 남아 점점 밝아진다.
담배를 피워 문다. 창밖으로부터 못을 박는 소리가
들리지만, 인부들은 보이지 않는다. 구름이 탕탕 흔들린다.
미세하게. 내겐 못 박는 소리를 묘사할 방법이 없다.

　　구름은 태어날 때부터 그랬던 것처럼, 누군가의

기억에 흔적을 남긴다. 결국 마음 깎던 일을 그만두고
당신을 생각한다. 어쩌면 구름을 보고 있는 사람은
당신일지도 모른다. 당신의 내부가 점점 환해진다. 환해진
당신 귀에 작게 탕탕, 못 박는 소리가 들린다. 당신
근처에서 집을 짓고 있을 것이다. 며칠 전부터 목재와
벽돌 들을 날라 온 사내들이 있었다. 그리고 지금,
그들과 그들이 짓는 집 위로 가장 오래된 생존자가 몸을
드리우고 있다.

　　언젠가, 지구가 가장 뜨거웠을 때, 대지는 구름을
낳았고, 구름은 너무 뜨거운 어미를 위해 울었다는 이야기.
지구가 점점 식어가자, 사람이 물에서 걸어 나왔고
사람은 구름을 올려다보았다는 이야기를 읽은 적이 있다.
구름은 그런 사연으로 떠 있다는 이야기이다. 나는 이런
이야기를 믿지 않는다. 내가 아는 구름은 부드럽고,
그저 가볍다.

구름의 근처에서 살아보고 싶었던 시절이 있었다.
모르는 것마저 알고 있던 나이, 뭉게뭉게 일어난 구름을
키우며 살았고 언제든 구름이 될 준비가 되어 있었다.

오전의 시간이 지나갈수록 방은 좀 더 환해진다. 깎여
나간 마음의 부스러기들이 책상 위를 뒹굴어 반짝인다.
구름의 자취를 보고 있다. 구름은 안쪽으로 굽어 있다.
구부러진 모자처럼, 세계의 머리에 얹힌 것이다. 조금은
삐딱하게. 그리고 다시, 당신을 생각한다. 언제나와
같이. 어쩌면 당신은 구름의 환유. 나는 당신을 만진 적이
없으므로, 당신은 오지 않고, 자꾸 아득하다. 목이 마르다.
너무 오랫동안 구름을 바라보고 있었기 때문이거나
구름이 지나가고 있기 때문일지도 모른다. 내가 당신을
사랑하는 것처럼.

어쨌든 구름은 걸려 있는 중이다. 구름은 조금도
휘지 않았고, 조금도 움직이지 않았을지도 모른다. 책상

위, 멋대로 반짝이는 마음의 부스러기처럼. 더 이상
망치 소리가 들리지 않는 오전. 나는 당신에 대해 쓰고
싶어진다. 너무 뜨거운 것이 낳은, 차가운 덩어리인
당신. 그러니 아름답다. 혹시 당신도, 구름의 근처에서
살고 싶었을까. 아닐 것이다. 당신은 구름의 환유이므로.
　　오전의 어디는 어둡고 어디는 밝아온다. 스스로
생각을 하지 않고 있다고 믿는다. 그저 저기 못 박힌 듯
멈춰 있는 구름처럼 그냥 멈춰 있는 것이다. 하늘은 파랗다.
구름은 하얗다. 구름은 하늘이 아니다. 아닐 뿐만 아니라
일부도 아니다. 구름 스스로는 아무 생각도 하지 않는다.
부드럽고 따뜻하게, 가볍다. 당신도 생각하지 않는다.
울고 있는 당신마저 부드럽게 온다. 있다. 당신은 구름처럼
가장 멀고 아득하려다가 흘러간다.
　　다시 창문을 연다. 톱으로 나무 써는 소리가
들릴 것만 같은 창밖이다. 바람이 불어 방 안이 조금씩

움직인다. 움직이지 않는 구름은 지나치게 비현실적이다.
어렸을 때 얻은, 좀체 없어지지 않는 작은 흉터처럼.
죽어가는 것인지, 이제 막 태어난 것인지 알 수 없다.
어딘가 타는 냄새가 나는 듯한 오전이 조금씩 사라져간다.
오전의 당신과 구름 역시. 이제는 당신이 울고 있어도 어쩔
수 없다. 구름이 모자가 아니어도 어쩔 수 없는 것처럼.
그렇게. 모두, 사라질 것임을 느낀다. 잠시 아무런 생각도
하지 않는다. 그저 구름처럼 목이 마르다.

국수

마음이 설설 끓어오른다.

지겹지 않냐고, 한 번은 묻고 싶었다. 그랬다면 당신은
그렇지 않다고 대답했겠지만.

　사실 나는 국수가 지겨우려고 한다. 간신히 그렇지
않을 수 있었던 것은 무얼 먹고 싶냐는 질문에 언제나 국수,
하고 대답하는 당신이 하염없이 어려 보였기 때문이다.
그리하여 내가 당신을 돌볼 수 있을 것만 같았기 때문이다.

　우리가 도착한 한밤의 국숫집에서 나는 내 몫을
미뤄두고 당신을 훔쳐보기도 했었다. 그러면 당신은 내가
모르는 사연을, 깊은 허기 같은 그것을 입 안으로 감추면서
도무지 고개를 들 생각도 하지 않는 것이다.

　나는 아, 하면서 내가 국수를 싫어하려는 까닭이
그 때문인가 싶어졌고.

　기어코 국숫값을 내가 내려했던 이유도 거기 있구나.
그것을 이제야 알겠다. 그러면서 슬퍼지려고 하는데
그러할 때는 국수만 한 것이 없지. 무심코 생각하고는

깜짝 놀란다. 어쩌면,

지겹지 않냐고 물었다면 당신은 그렇다고 대답할지 모르겠다. 마음이 설설 끓어오른다. 이에 진한 국물을 내어 한 움큼 국숫발을 넣고 끓인다 해도 함께 먹어줄 사람이 없고, 몰래 훔쳐볼 이도 없다는 그런 쓸모없는 아픔이 찾아온다.

이제 나는 누가 무얼 먹고 싶은지 물어와도 국수, 하고 대답할 수가 없다. 그런지 한참이 되었는데 그런데도 좀처럼 붙지 않는 것이 있다. 그리고 오늘 밤엔 아삭한 반달이 떠 있다.

아침

그게 좋았어. 어쩐지 내가 멀어져가고 있는 것 같았거든.

아침의 무늬는 다양하기도 하지. 그날 아침에는 구름이
많았고 그 구름들은 천천히 흘러가고 있었는데 이따금씩
구름과 구름의 사이로 해가 들었고, 그렇다고 환해지는
것은 아니었어.

겨울의 해는 너무 멀리 있거든. 그러니 환하다기보다
부옇다고 해야 할지도 모르지. 오후엔 눈이 온다고 했으니,
어디선가 푸르륵 몸을 떠는 소리가 들리는 것도 같았어.
벌써 눈을 터는 것처럼.

춥다고도 할 수 없는 날. 눈이 오기 전에는
포근하니까. 나는 이런 기온에는 꼭 설날을 떠올리곤 해.
어떤 설렘 같은 것이 간직되어 있잖아. 무언가 달라질
것만 같은 어떤 기대. 그래서 그런 것일까.

평일인데도 나는 출근할 생각 같은 것은 하지도
않은 채 커피를 컵에 담아 집 앞에 서 있었어. 몇몇 바쁘게
걸어가는 사람들이 기우뚱 나를 쳐다보곤 다시 바쁘게

걸어 지나갔어. 그게 좋았어. 어쩐지 내가 멀어져가고
있는 것 같았거든. 사람들로부터. 나의 일상으로부터.
내가 발붙이고 살아가고 있는 이곳으로부터. 점점 더 멀리.
곧 보이지 않을 수도 있는 만큼.

　　거리는 어두워졌다가 다시 환해지기를 반복했는데
그게 구름 때문인지 겨울 해 때문인지 그런 것은 궁금하지
않았고 어쨌든 나는 다시 하늘을 올려다보진 않았어.
그냥 그대로 좋았으니까.

트리

겨울의 낮 그리고 밤은 거기 있을 것이다.

어릴 적 읽었던 동화 속에 어떤 가족은, 크리스마스트리로
사용할 전나무를 끌고 집으로 돌아온다. 어쩌다
가족들이 우르르 몰려가 전나무를 사게 된 것인지, 그래서
그 전나무는 어떻게 되었는지는 기억이 나질 않고
(아마 행복했겠지) 그저 떠오르는 건 그들이 힘을 합쳐
커다란 나무를 옮기는 그림이다.

　　우체부에 의해 배송되어 온 자그마한 상자를
보면서 나는 내가 어른이 되었다고 생각하고 있다.
내 돈으로 크리스마스트리를 마련했으니까. 그래.
이 상자 속에는 크리스마스트리가 들어 있다.
그것은 전나무가 아닌 전나무 모양의 플라스틱 모형.
하염없이 가볍고 소홀하지만.

　　누구보다 기쁜 마음으로 나는 상자를 뜯고
조각을 조립하고 세워놓고 장식할 것이다. 걸쳐놓은
전구들이 반짝일 수 있도록 콘센트를 꽂아두고 그 속에

크리스마스의 기분이 있는 것처럼 구경해야지. 나는
동화 속 가족의 기쁨이 꼭 내 것이 된 것만 같다.

크리스마스트리가 좋은 것은 누가 볼 때나 보고
있지 않을 때나 사람들이 잠들어 있을 때에도 그것은
크리스마스트리라는 것. 열심히 반짝이며 아기 예수의
탄생을 축하를 하고 있으리라는 것. 크리스마스가
될 때까지.

어릴 적 읽었던 동화 속 가족들. 그들의 전나무
크리스마스트리가 그랬을 것처럼. 나의 전나무 모양의
전나무도 크리스마스이브 밤, 어떤 선물을 기대하겠지.
그것이 자신의 것이 아니더라도. 다음 날 아침의 시간을
기대할 것이다. 함박웃음을 지으며 자신 몫의 선물
상자를 뜯어볼 기쁨을 기다릴 것이다.

그리고 난 다음 또 며칠 여전히. 그것은
크리스마스트리. 별을, 구슬을 달고 무엇도 오지 않았다는

듯. 겨울의 낮 그리고 밤은 거기 있을 것이다. 누군가 이제
그만 정리하자고 말할 다음 계절까지. 그것은 어쩔 수
없는 일. 하지만 그런 말을 하는 사람이, 나도 당신도
아니었으면 좋겠다.

허기

말도 없고 마음도 없어져서 가만히 보고만 있게 되는 것.

가만히 본다. 당신의 허기를. 허기를 비워가는 모습을.
불쑥 부아도 나고 이 분함이 어디서 온 감정인지 가만히
따져보기도 하면서. 그러면 무슨 말이든 해주고 싶어지지.
여태 무얼 하다 밥도 먹지 못했어, 라든가. 밥은 먹여가며
일을 시켜야지, 라든가 하는.

그러나 삼켜버리는 것은. 그래서 말도 없고 마음도
없어져서 가만히 보고만 있게 되는 것은. 맞은편의
당신이 너무 고파 보이기 때문이다. 한 컵 가득 물을 따라
앞에 내밀어주는 듯 그냥 그런 입장이 되어서 어쩔 줄
모르고 있다.

간신히 당신이 무슨 말이라도 할 때. 뜨겁다든가
맵다든가 혹은 밤에 먹는 밥은 몸에 좋지 않다든가
할 때. 그렇게 말하고 멋쩍어할 때. 그러면서 한 숟갈 더
입에 넣을 때. 나는 지갑을 만지는 기분이다. 이 밥은
내가 사주어야겠다고.

당신이 민망해할 것 같아 그만 눈을 창밖으로 돌리면
더 지칠 데가 남아 있지 않은 사람들이 지나가고 이따금
거리는 텅 비는 것이다. 빈속처럼. 그리고 거기 한 공기처럼
동그랗고 허전하고 쓸쓸하고 환한 가로등이 있다.

그러고 당신을 보면. 나의 건너편에 앉은 사람을 보면,
당신은 어느새 배가 부르다 한다. 몇 수저 들지도 않고
습관처럼 배가 부른 당신이 있고 사실 그것으로 충분하다.
다른 것은 애써 생각할 필요도 없이.

사연

어떤 사람들은 한 통의 편지를 쓰느라
생애를 다 사용하기도 하니까.

먼저 돌아선 것은 그녀였다. 말이 없는 사람을 뒤에 두고
걸어야 하는 건 지나치게 슬픈 일이라고 생각하면서.
그녀는 몇 번씩 멈추어 섰으나 돌아보지 않고 다시 길을
따라 내려갔다. 돌아서기 전 그녀의 눈에는 조각달이
떠 있었다.

그녀는 지하철역에서 버스를 기다리거나 버스
정류장에서 전철을 기다리듯 몇 달을 보냈다. 그녀는
울지 않았다. 점점 야위어가기는 했지만. 그녀의 가늘고
긴 손가락은 우아하고 우울한 윤곽을 갖게 되었다.
이제와 그즈음의 그녀를 생각해보면 가장 먼저 떠오르는
것은 손가락이다. 얼굴이나 동작, 목소리 같은 것은
한참 뒤에야 기억해낼 수 있는 것이다.

그 길고 우아하고 우울한 손가락으로 겨울 내내
그녀는 편지를 쓰고 있었다. 편지들은 구겨지거나 찢겨
버려졌다. 편지를 그토록 오래 쓴 사람이 있었을까.

나는 본 적이 없다.

　　그녀는 웃으며 대답했다. 어떤 사람들은 한 통의 편지를 쓰느라 생애를 다 사용하기도 하니까.

　　웃었다는 것은 거짓말이다. 그녀는 웃지 않았다. 그해 겨울이 다 끝나가도록. 그리고 그녀는 여전히 울지 않고 야위어갔다. 너무 당연한 현상처럼. 그랬기 때문에 나는 이상하다고도 생각하지 않았다. 그리고 그렇게 그녀가 사라졌을 때, 나는 그녀가 남을 것이 없어 휘발되어버린 것은 아닐까 싶었다. 다만 아쉬운 것은 그 탄식 같은 편지를 읽어보지 못했다는 것이다. 그런 까닭으로 나는 더없이 쓸쓸해졌다.

노래

한 번 더 불러야겠다고 생각했습니다.
당신이 웃고 있었기 때문입니다.

노래를 불렀습니다. 어젯밤 꿈에. 무대 위에서. 정장
차림이었어요 나는. 내가 맨 넥타이 색이 썩 마음에
들었는데 어떤 색이었는지는 기억하지 못합니다. 그것이
반짝였다는 것은 기억해요 반주가 나오는 동안.

객석에는 사람들이 많았습니다. 당신도 있었습니다.
부끄러웠습니다. 이 많은 사람들 앞에서, 그리고
당신 앞에서 노래를 불러야 한다니. 그리고 보니 내가
아는 노래가 아니어서 나는 멈춰달라고 여기는 나의
자리가 아니라고 말하고 싶었죠.

하지만 나는 노래를 불렀습니다. 가사도 박자도
모르는 노래를. 너무나 근사하게. 사람들은 여전히
많았고 그들은 나의 노래를 듣고 있었습니다. 당신도.
노래를 부를 그럴 기분이 아니었는데. 그러다 틀리기라도
하면 어떡하려고.

하지만 노래는 그치지 않았고 그칠 수 없어서 노래는

끝이 났고 사람들은 박수를 쳤습니다. 나는 한 번 더
노래를 불러야겠다고 생각했습니다. 당신이 웃고 있었기
때문입니다.

다시 반주가 흘러나오고 색도 없이 넥타이는
반짝이고 객석에는 사람이 많고 당신도 있는데, 웃는
당신을 보아야겠기에 나는 넥타이를 조금 느슨히 풀고.
마이크를 입에 가까이 대었습니다. 무슨 노래인지도
모르면서. 부끄러워하면서.

빈곤

당신을 생각한다. 너무 춥고 어두워
그것밖에는 할 수 있는 것이 없다.

밤은 서성거리는 자들의 것이다. 깊은 밤인데도 거리에는
사람들이 있다. 모두 춥고 쓸쓸하다. 불빛 아래에서는
서로를 붙들고 앞에서 나누지 못한 이야기들을 훔쳐보는
중이구나. 지금 그들을 더듬는 것들은 모두 어쩔 수 없는
감정이라고 해야겠다. 혼자 있게 된 존재들.

슬픔이 아니라고 할 수 있겠는가. 아무리 애를 써도
사람은 사람 곁에 있을 수 없고 멀리 떨어져 있는데. 살갗을
짚은 손톱처럼 흔적만 남겨 놓을 뿐이다. 그마저 곧 사라져
아무렇지도 않게 되겠지.

"사람아, 깨어 있으라. 곧 눈이 내릴 것이니." 이렇게
적고 나서 간신히 펜을 내려놓는다. 사실은 놓친 것이지.
미끄러워 가닿지 못하는 심정. 눈 끝에서 볼의 아래쪽으로
깊고 투명한 자국이 길을 이어갈 때, 나는 내가 얼마나
서툴고 가난한지 알게 되었으니.

당신을 생각한다. 너무 춥고 어두워 그것밖에는 할

수 있는 것이 없다. 책상을 더듬어 작고 가여운 것들을
만진다. 이것들은 나도 당신도 아니고 그러므로 우리의
외계. 숨을 쉬기 어렵다.

　　나는 얼굴을 두 손에 파묻고 진심으로 나를
동정한다. 어쩔 수 없으니 사람은 서성이는 것. 갈 곳이
없이 외계를 떠돌며, 있는 것 하나 없이 몹쓸 빈곤에
사로잡혀서. 이 밤은 서성이는 자들의 것이다.

언덕

울고 있는 누군가와 그 울음 곁에 서 있어주는 사람만의 시간.

작은 언덕이 있고 그 위에도 사람은 산다. 빛은 이곳저곳에 맺혀 동글동글하고 그 속엔 작은 소리들도 살고 있다. 낮춰놓은 텔레비전의 소리. 도란도란한 대화 소리. 그릇과 그릇이 부딪히고 어느 집의 생활은 물에 씻겨 내려가는 중이어서 너무 늦은 밤은 너무 늦은 것이 아니 되기도 한다.

언덕의 좁고 가파른 기울기만큼 떠오르는 일들이 있다. 온통 뒤섞여서 잊혔던 사연들과 잊지 말아야 할 약속 그리고 사람들과 그들의 생활이 잡힐 듯 가깝게 와 스치듯 아래로 내려간다. 언덕에서 걸음이 느려지는 것은 단지 숨이 차서만은 아니구나. 새삼 그리워지는 것들을 생각하다가 걸음이 더 느슨해진다. 생각 때문만은 아니고 누가 울고 있어서. 울음소리가 들려서.

울고 있는 사람이 있다. 울음소리가 새어나오는, 노란 불빛이 느릿느릿 밝혀오는 어떤 창문을 본다. 그곳에서 울고 있는 이는 이 언덕을 오르내리면서 한 번쯤 지나쳤을

사람일지도 모르지. 지나치지 못하는 것은 그가 우는
까닭을 알겠기 때문도 아니고 알고 싶기 때문도 아니며
그저 누군가 울고 있을 때 그 몰래 가만 서 있어주고
싶었기 때문이다.

우는 사람은 아무것도 모른다. 우는 사람은 아무것도
몰라도 된다. 조금 떨어진 어둑한 자리에 우두커니 서서
가만히 있다. 그 자리에서는 울음이 들리지 않는다. 거기엔
나도 우는 사람도 없고 언덕길이 품은 것들만 까맣게 있다.

곧 그는 울음에 지쳐 잠들 것이다. 그리고 나도 언덕의
삶에 속해 있는 나의 거처로 돌아가야겠지. 내일은 익숙한
듯 낯설게 올 것이며 아무 일도 없겠지만. 지금은 울고 있는
누군가와 그 울음 곁에 서 있어주는 사람만의 시간. 언덕의
모든 것은 침묵을 지킨다. 이것도 사람이 사는 일이어서.

엽서

어제는 종일 아팠어요. 아무도 보고 싶지 않았습니다.

우체국에서 관제엽서를 다섯 장 샀다. 아닌 게 아니라
관제엽서 같은 저녁이다. 어떤 인사를 아무렇게나
건네도 될 것 같은. 그런 인사도 무사히 닿아 모든 것이
무사할 것 같은.

글씨가 덜 자란, 나 같은 사람에게 엽서의
여백은 너무 넓고 막막하다. 그리하여 어떻게 적어
내려가든 단어와 문장은 갈피를 잃어버린 채 갈 곳을
잃는다. 펜을 내려놓고 팔짱을 낀 채 먼 곳을 본다.

받는 이의 이름은 제일 마지막에 적어넣을
것이다. 이것은 나의 이야기. 내가 보고 듣고 그리하여
얻었다 여기는 것을 적고 있다. 그 기록을 누군가에게
보내려 하는 것이며, 그 누군가는 누구여도 좋다. 엽서는
이렇게 시작한다.

어제는 종일 아팠어요. 아무도 보고 싶지 않았습니다.
기침도 환상처럼 겪어내었습니다. 열도 기침도 없이

앓아내는 병이라니. 환절이라 그런가 봅니다. 어제의
공중에는 늘 새가 있어요. 새가 울면서 날아요.
어제의 달을 기억하시나요. 달을 보면 늘 마음을 놓게
됩니다. 어제의 슬픔은 오늘의 슬픔과 다르죠.
나는 내내 생각하고 있어요.

　　답장은 없어도 좋다. 혼잣말과 다름없는 엽서에
어떤 문장을 달아줄 수 있겠어.

　　관제엽서 같은 저녁에 산 관제엽서 다섯 장은 아직
내 책상 앞에 있다. 아무리 적어도 그것들은 다 채워지지
않는다. 어느새 빽빽해졌는데도. 나는 벌써 그것들을
아주 멀리, 멀리 보낸 기분이다.

술집

마음이 단단해져갔다.

그는 그녀와 술을 마셨다. 그는 이 어둑한 술집이 좋았다.
그녀의 얼굴이 그 어둑함에 묻혀 검게 빛나는 것도 좋았다.
병이 잔에 닿는 소리도 좋았다. 무엇보다 조금 차가워진
술잔에 손가락을 대는 일이 참 좋았다.

그녀를 오래전부터 좋아했다. 그녀가 이 사실을
알았으면 하다가도 이내 아니었으면 하고 생각했다.
발설하지 않은 감정은 순전히 자신의 것. 그는 그렇게
믿고 싶었다. 그녀가 그의 빈 잔에 술을 따라주었다.
병이 잔에 닿았다. 마음이 환해졌다.

그녀는 오늘 있었던 이야기를 해주었다. 해주다가
어느 순간 말을 멈추었다. 잠시 침묵이 흘렀고 그는
그녀가 뒤춤에 감춰놓은 것을 꺼내고 싶었다. 그런 생각이
단단해져갔다. 그녀는 잊었던 것처럼 이어 이야기를
했지만, 그건 하고 있던 이야기가 아니었다.

헤어져 집으로 돌아가는 길. 알 수 없는 것들을

계속해서 후회했고 공연히 주머니를 뒤적이다가
그러니까 짤랑거리는 것이 있다면 좋겠다고 생각하다가
아무것도 없음을 알게 되어 그저 민망할 따름이었다.

맑은 겨울밤, 달이 동그랗게 떠 있었다. 가늘게
눈 떠보면 이따금 별도 보였다. 취했구나, 하고 중얼거렸다.

이어폰

당신 웃음의 까닭은 몰라도 좋을 그런 기분에 빠져들었다.

무표정한 당신은 그저 거기 있다. 꿈속에서. 꿈에 찾아오는
당신은 언제나 그렇다. 갈색 의자에 앉아 있을 때도 있다.
당신은 담벼락에 기대어 있을 때도 있고 그 위로 눈같이
하얀 것이 하늘하늘 떨어질 때도 있다. 그렇게 당신은 그저
가만히 있다. 그런 당신 꿈을 꾸다 깨면 나는 이어폰을 꽂고
음악을 듣는다. 그렇게 된다.

　며칠 전엔 버스에 앉아서 울어버렸다. 갑작스러운
울음은 쉽사리 그쳐지지 않는다. 그저 음악을 듣고 싶었을
뿐인데. 그래서 나는 나를 내버려두었고, 버스는 덜컹이며
앞으로만 나아갔다. 그리고 그날 밤 또 당신 꿈. 낯익은
낡은 남색 대문 앞 나를 향해 선 당신은 웃고 있었다. 아니
웃는 것처럼 보였다. 웃었을까. 깨어 중얼거렸다.

　서너 평 아주 좁은 방 안을 모조리 뒤져봐도 이어폰이
보이질 않았다. 포기하고 구석에 앉아서, 내게 아직도
구석이 남아 있었다니. 궁지나 막다른 길은 있어도 구석이

남아 있는 줄은 몰랐다. 고맙다. 하고 생각했다. 아직도
겨울이네, 싶기도 했다. 손끝에 이어폰의 한쪽이 걸렸다.
그것을 귀에 꽂으며 당신 웃음의 까닭은 몰라도 좋을
그런 기분에 빠져들었다.

빈방

고치지도 덧대지도 못하고 앉아 있다.

겨울 가지가 보였다. 다음 여름은 어떨까. 잠시
생각해보았다. 매미 소리와 열기. 강렬한 햇빛 그런 것들로
온통 가득하고 그때도 여전히 조용할 것이다. 이곳은.

　글을 쓰겠다고 잠시 빌린 작은 방에서 글보다는
공상에 집중하며 아까운 시간을 한 장 두 장 날려대고
있었다. 이건 또 이대로 좋은 거라고 좋은 기억으로
남을 거라고 스스로를 설득하면서.

　아주 작은 것 하나 놓치지 않으려고 안간힘을 쓰면서
보냈던 그간의 모든 것을 다 지워버리려는 듯 몸에는
정말 아무런 힘도 남아 있질 않았다. 고치지도 덧대지도
못하고 앉아 있다. 핑계다.

　저 가지 위에 간신히 붙어 있는 마른 잎이 꼭 나 같아.
중얼거리는 이야기를 들을 사람이 여기엔 없었지만,
몇 달 전 잠시 왔다 사라져버린 생기의 계절처럼 아무 의미
없는 것은 아니고.

이제는 정말 뭐라도 조금 써야겠어. 스탠드의 불을 밝혔다. 그러자 어슴푸레한 저녁이 찾아오는 것이었다. 여전히 아무것도 쓸 수 없었지만 그래도 저녁이라니, 이 속절없음이 그래도 좋았다.

머뭇

어떻게, 당신과 내가 우리라고 믿을 수 있는 걸까.

당신이 하지 않는 말을 나도 할 수가 없어 밤이 깊어간다.
마지못해 보내는 시간은 더디고 천천히 사라져서 우리는
그 밤을 기억하게 된다. 아무 일도 없었기에 뉘앙스만 남는
희미한 빛의 온도 그리고 약간의 소란. 스쳐 지나갔다고
생각한 음악의 형식으로.

　　미안해하지 않았으면 좋겠다. 나도 그럴 작정이니까.

　　어떤 문장은 무너져서 도로 세울 수 없게 된다.
해체되어버린 말들의 더미를 두고 나는 망연해하고 있다.
돌이킬 수 없는 일 따위는 없다고 성냥을 부싯거리는
마음으로 되뇌면서. 그래도 당신의 말을 들을 수 없다.
당신은 아무 말도 하지 않았으니까.

　　그런데 나는 당신이 하지 않은 말을, 그 말을 당신이
하지 않았다는 사실을 어떻게 알고 있는 것일까. 어떻게,
당신과 내가 우리라고 믿을 수 있는 걸까.

　　조금 더 시간이 지나면 내가 몰랐던 것은 세상에 없는

것이고 내가 몰랐던 것은 사실이 아니라는 것을 이해하게
될지도 모른다. 뒤척이며 맞이한 새벽은 나의 것이 아니나,
당신 없이도 푸른빛으로 드러나는 아침이 오고 있다는
사실처럼 당연하게. 분명하게. 그러므로 나는 잠들지
못하고 까만 점이 되고 있다.

장면

당신이 내려온다. 내려오고 있다.

그러하다는 장면. 골목, 나지막한 한숨. 입김, 겨울의 일.
겨울이 건네는 시간. 나를 가만히 내버려두는, 내가 당신을
온전히 마중할 수 있게 허락하는 그런 시간.

　　내려오고 있다. 당신이. 한 계단 한 계단. 나는
계단참을 밝혔다 사라지곤 하는 빛을 본다. 빛이 만지는
당신 역시 겨울의 일. 겨울이 해야 할 일. 마중하려는 내
앞으로, 내 쪽으로 온다. 마중을 받기 위해 계단을 따라서.
당신이 내려오고 그때마다 켜지고 꺼지는 빛. 입김처럼
당신이 당신으로 되어갈 때,

　　그러리라 하는 장면. 당신을 기다리도록 나를
가만히 세워두는. 어둑한 골목 앞으로 당신이 내려온다.
내려오고 있다. 당신은 빛이다. 나타났다가 사라지는
빛이 만드는 사람. 당신이 아닐지도 모르는데, 당신이 아닐
수가 없게 하는 마음. 추운데, 그래서 따뜻한. 따뜻함을
알게 하는 겨울의,

어디론가로부터 여기를 지나쳐버릴지도 몰라
두렵기도 한 장면의 속도. 그것을 사랑하기 위해 단숨에
일생을 써버리는 어떤 사람은 겨울을 산다. 예정되어
있는 장면으로. 그 장면을, 기다리고 기다리다가 마지막
계단의 빛이 꺼지기도 전에 못 참고 앞으로 달려가서.

감기

지금 이 기척은 너무 가깝고 몹시 지금의 일만 같다.

침대에 누워 있다. 지난밤 시작된 미열이 조금씩 차올라
자다 깨다 하길 수차례 반복하고 있다. 병원에 가볼걸.
뒤늦게 후회도 했었지만 이제 나는 병에 귀를 기울이고
있다. 무슨 소리가 들린 듯했기 때문이다. 아니다.
또 들리고 다시 들리지 않는다. 그저 겨울이 오려고 아픈
것이다, 짐작한다. 당신 때문이 아니다.

언젠가 당신이 해준 따뜻한 밥을 생각한다. 이러지
말자. 너무 오래된 일은 생각하지 않는 것이 좋겠다. 그러나
이미 당신은 부엌에 있다. 도마를 두고 또각또각 칼질을
하는 소리. 음식이 끓고 익어가는 소리. 그릇이 그릇에
닿는 소리. 너무 오래된 일은 생각하지 않는 게 좋은데,
지금 이 기척은 너무 가깝고 몹시 지금의 일만 같다.

땀을 흘려 베갯잇이 다 젖었다. 꼼짝할 수 없어서
말라가는 입술과 혀를 내버려둔다. 부엌에 당신이 없으면
어쩌나 무서워 누워만 있는 게 아니다. 눈을 감고 숫자를

센다. 하나 둘 셋. 어서 잠들었으면 좋겠다.

아직은 조금만 겨울. 꿈에서 바람 냄새가 날 것만
같고, 곧 창밖이 부옇게 밝아올 것이다. 부엌의 기척은
차갑게 식었다. 이리 앓다 보면 조만간 눈이 내릴 것이고
그때쯤 나는 병을 다 털어낼 것이다. 그리고 어느 구석
자리에 앉아 있게 될 것이다. 읽거나 적거나 가만히 엉뚱한
생각에 빠져 있게 될 것이다. 하지만 아직은 아니다,
아직은.

마음

쓰고 지우고 쓰고 지우는 동안, 어떤 것은
지워지지 않고 새겨진다.

써놓고 지운다. 그런 말이 있다. 그런 일이 있다. 그런
사이가 있다. 연필을 들어 살피다가 도로록 굴려보는
듯한 그런. 그럴 때 대개 창밖은 깜깜하고 더러 어떤 빛과
뜻 모를 소리가 넘어 들어왔다가 사라져버린다.

　이따금 생각한다. 마음이라는 글자는 그냥
마음을 지시하고 마는 것일까. 마음이라는 글자에 마음이
들어 있으면 안 되는 것일까. 그렇다면 나는 정말
그 단어를 오래오래 바라보고 있을 텐데. 턱을 괴고 앉아
어둑어둑해지도록.

　마음, 이라고 써놓고 지워버린다. 아무래도 아무것도
없는 것 같아서. 먼 달을 짚고 있는, 짚고 있다 믿고 싶은
손가락처럼 텅 비고 애처로운 시간이다. 쓰고 지우고 쓰고
지우는 동안, 어떤 것은 지워지지 않고 새겨진다.

　어쩌면 내가 적고 싶었던 것은 마음이라는 글자가
아닐지도 모르지만 몰라도 되는 일은 애써 몰라도 되는

것이다. 그러므로 이따금 지우개를 찾아 서랍을 여는 기분, 열어놓은 서랍을 뒤적거리게 되는 기분. 어쩌면 마음의 속에는 그런 기분이 살고 다른 것은 없는지도 모른다.

쓰기도 전에 지워버린다. 그런 말이 있고 그런 일이 있다. 그것은 세상에 없는 일이었으나, 나는 이미 그런 일을 겪어본 것만 같다. 도로록 굴려본 연필이 바닥에 떨어진 것처럼. 떨어진 연필이 보이지 않는 것처럼. 적지 않은 글자를 받지 않은 당신을 조금 미워했다가 아니 그럴 수 없으므로, 없는 일이니까 나는 깜깜한 창밖보다 더 깜깜해져서, 어떤 소리든 안으로 건너왔으면 바라고 있다. 그런 마음으로.

소식

눈이 내리고 있어.

눈이 내린대, 로 시작하는 메일을 받았다. 무척 멀리서
보낸 메일. 눈을 끔뻑이면서 네가 보낸 메일이 얼마나 빨리
나에게로 오는지 알려주고 싶었다. 그렇게 이른 시간도
아닌 토요일 아침. 커튼을 걷으면서.

　온통 하얀 바깥이 보이기를 기대하지만, 아무 일도
없다. 아무 일도 없다니. 눈이 내리지 않는다는 것만으로
아무 일도 없다고 여길 수 있나. 눈 내리는 것이 얼마나
별일이기에. 이제 나는 눈사람을 만들지 않으며 함께
눈싸움할 이도 없는데.

　답장을 쓰려고 한다. 눈은 내리지 않아. 그러나 다음
말이 생각나지 않아서 그냥 그대로 둔다. 눈은 내리지 않고
그다음은 무엇일까. 알 수 없다. 그런데 너는 여기에 눈이
내린다는 잘못된 소식은 어디서 알게 된 거야.

　지우고 다시 시작한다. 눈이 내리고 있어. 온통 하얘.
금방 다 덮일 것만 같아. 이렇게 내리는 눈 참 오랜만이다.

고마워. 네가 알려줘서 일어난 참이야. 대충 세수를 하고
바깥으로 나가보려 해. 눈사람을 만들어볼까 하거든.

그러면, 이런 답장을 받으면 너는 기쁠까. 어떨까.
네가 있는 곳에는 지금 뭐가 내리는 거야. 한밤 중일 거기서
너는 지금 무엇을 보고 있는 거지. 내게 그런 얘기를 해줘.
여기 눈이 내리는지 그런 것보다 나는 그게 더 궁금하다.

정말, 눈이 내리기 시작한다.

하얀

당신이란 기억 곁에서. 멈추어 있네.

눈을 보았네. 이 겨울 첫눈을. 내리고 있네. 하얀 눈.
눈잎들. 듣고 있는 음악 사이로. 작은 것들을 위한 마음
위에도. 알지 못하는 누군가의 집 창문 불빛 속으로
사라졌다가 나타나길 반복하며. 내리고 있네.

그리하여 나는 갈 곳을 잃은 사람이 되었네. 그런
사람이 되어 서성거리네. 어두운 언덕 어디쯤에서.
나만 아는 세계 앞에서. 당신이란 기억 곁에서. 멈추어
있네. 폭설을 예감하면서. 걸어서 돌아가던 먼 길을
떠올리면서. 가지 않네. 오지도 않네.

저녁 무렵쯤에는 알고 있었지. 미묘하게 휘어져 있는
공기의 냄새. 코끝을 간지럽게 하던. 손끝으로 콧날을
만지면서 중얼거렸네. 눈을 보겠구나. 눈을 맞겠구나.
머리칼 젖겠구나. 오늘 밤엔 다시 혼자 남겠구나.

왜 매번 눈은 사람을 혼자로 만드는 것일까. 아닌가.
혼자가 되어야 맞이할 수 있는 게 눈인가. 마른 손을

내밀어보지만. 눈을 받아보겠다는 생각은 없고.
그냥 그래야 할 것 같아서. 손마저 젖어야 할 것 같아서
지금은. 그리고,

　　　그쳤다. 눈. 그새. 아주 짧은 사이. 나는 눈을
보았네. 내리던 눈. 이 겨울 첫눈. 그 눈을 맞았네. 듣고
있던 음악 쪽으로. 하얗고 작은 것들 휘감겨 돌아가고.
알지 못하는 누군가가 창을 닫는 소리. 뒤이어 유리가
흔들리는 소리. 들었네. 서성이는 것을 멈추고 서서.
가지도 오지도 않으며.

이불

겨울의 볕과 바람에 말려지는 그런 꿈.

새벽 두 시쯤에는 몸마저 어두워지니까 느릿한 걸음으로
침대까지 가는 것이다. 침대는 단정하고 조용하다.
워낙 많은 것들이 있어서. 그것들이 거기서 저리로
밀려갔다가 밀려오므로.

　　그러므로 나는 나의 시간을 침대의 것과 견주어보고
맞추려고 애를 쓰는 것이다. 불을 끄고 안경을 벗고
시간을 확인하기 위해 다시 안경을 쓰고 벗으면서 그러면
침대는 느린 눈을 들어 올리듯 이불의 한 면을 내게
허락해주는 것인데.

　　이불은 따뜻하다. 이불에서 어떤 냄새가 나고
나는 그것이 잘 마른 냄새, 지난주 옥상 위에 털어 널어
말렸을 때의 햇빛과 바람의 냄새라고 여기고 마는
것이다. 그러자니 걷잡을 수가 없게 나는 또 한때의
시간을 떠올리고.

　　잠시 뒤척여본다. 그래도 시간은 털어지지 않고 나는

옥상에서 아래를 내려다보는 기분에 사로잡혀서, 그 아래 무엇이 누가 있었으면 좋겠는지 그런 생각. 그렇게 천천히 가라앉듯 느리게 찾아오는 잠을 맞이하는 것인데.

그렇다면 그런 꿈도 좋지 않겠는가. 이불 대신 내가 겨울의 볕과 바람에 말려지는 그런 꿈. 스르륵 풀리는 기분이 들어 꾸벅 조는 그런 꿈. 귀에는 먼 소음이 닿았다 사라지고 들렸다 사라지길 반복하고 아무도 어떤 일도 나를 깨우지 않을 거라는 믿음에 눈을 뜨지 않는 그런 꿈. 잠에 빠져들기 직전에 애틋하게 풀려가는 힘과 더없이 느슨해지는 근육의 배면을 생각하면서 지난주의 옥상과 볕과 바람과 아래 있는 한 사람에 대한. 그런 시간이었으면 좋겠다고 말해보다가. 그러지 못하고.

바다

별 아래 반짝이던 우리들의 시절.

바다를 보려고 네 시간 넘게 운전해왔다. 생각해보면
언제나 바다는 멀리 있었고 찾아가도 거기엔 바다가
없었다. 그러나 결국엔 바다로 가게 되는 것이다. 뚜렷한
이유가 없이. 마치 거기에 무엇이, 누군가가 있는 것처럼.

이른 볕이 바다를 만지며 반짝였다. 그에게 물어본
적이 있다. 빛에 반짝이는 수면을 뭐라고 하더라. 윤슬.
아, 맞다. 윤슬. 빛이 만지는 것마다 하나하나 이름이 따로
있을까. 너는 대답하지 않았다. 너도 알 수 없었을 것이다.
어쩌면 세상엔 존재하지 않는 낱말이 있을지도 모른다.

아니 그런 것들은 많겠지. 소리 내어 불러보기에
그것들은 너무 반짝이거나 너무 멀다. 바다라는 단어는
모른다와 같은 뜻일지도 몰라. 점점 물러나는 바다를
보며 그런 생각을 했다. 언젠가 큰 배 위에 함께 누워 들은
노래가 있었다. 나와 너는 그 가수를 참 좋아했었지.
반복해 밀려드는 바다의 살갗을 보면서도, 반짝이는

그것을 보면서도 나는 이제 그 노래가 듣고 싶지 않구나.

곧 네 시간을 운전해 돌아가야 할 것이다. 네가 없고 바다 역시 없는 집 쪽으로. 함께 있었던 그 배를 타고 우리는 아주 멀리 떠내려갔어야 했을지도 모른다. 볕 아래 반짝이던 우리들의 시절은 무어라고 불러야 하는 거지. 대답해줄 사람은 없고, 어쩌면 나만 멀리 떠내려가고 있는 것일지도. 그도 나도 모르게.

코트

벗어버려야 할, 걸어놓듯 두고 잊은 듯 지내야 할 것은 마음.

아끼는 코트 안에서 몸을 떨면서 나는 더는 이 코트를 입지 못할까 봐 걱정이다. 꺼낸 지 며칠 되지도 않았는데. 버스는 오지 않고 왔던 길을 되짚어 돌아가 조금 더 두툼한 옷으로 바꿔 입고 싶어졌다.

그렇다면 또, 한 해의 일부가 사라져버릴 것 같다. 옷장 속에 들어가 나오지 않을 것 같다. 떨고 있는 몸을 바로 세우면서 나는 나의 고집을 이해하지 못한다. 계절은 아낄 수 있는 게 아닌데. 코트 한 벌로 붙들어 둘 수 있는 것도 아니다.

벗어버려야 할, 걸어놓듯 두고 잊은 듯 지내야 할 것은 마음이라는 것을 알면서 더는 버틸 수 없을 때까지 버티는 것이다. 이런 것을 미련이라고 하는 거겠지. 세차게 바람이 불고 추위는 더 오갈 곳도 없다. 몸이 딱딱하다.

버스는 곧 올 것이다. 버스 안에서 나는 또 잠시 따뜻해져서 내릴 때까지는 이 추위를 잊게 되겠지.

따뜻하다 도로 춥고 다시 따뜻해하면서 아끼는 코트를
잊고 생각하고 다시 입을 것이다. 그런 아낌.

하루를 또 그렇게 함께. 내일은 결국 옷장 속에
남겨두게 되더라도. 어쩌면 한 며칠 끌 듯, 함께할지도
모르는 채로.

사무실

그는 아무것도 하지 않고 있는 스스로가
마음에 드는 것일지도 모른다.

그는 '그럭저럭'이란 부사를 꽤 좋아했다. 그럭저럭
하루가 지나가면 집 앞에 서서 그럭저럭 괜찮은 하루였던
것 같아, 라고 중얼거렸다. 그러곤 공중 어디쯤을
올려다보는 습관이 있었다. 그럴 때면 뿌듯함과 뻐근함
같은 것이 몰려왔다가 사라졌다.

　오늘은 그럭저럭한 날은 아니었다. 무척 바빠서
시계도 한번 보지 못했다. 문득 정신을 차려보니
저녁이었다. 억울하거나 그런 것은 아니었다. 이런 날도
있고 저런 날도 있는 법이니까. 괜찮아. 그는 붉게 변한
블라인드를 보며 생각했다.

　동료들이 하나둘 일어나기 시작했다. 해야 할 일이
남아 있는 것은 아니었다. 처리해야 할 일들은 언제나
있었고 그런 것들은 대개 내일을 기약하는 것들이니까.
하지만 그는 어쩐지 혼자 남고 싶었다. 그래서 차례차례
퇴근해 아무도 남지 않을 때까지 기다렸다.

마지막 차례로 퇴근했던 막내 직원이 지갑을 놓고
갔다며 돌아와 부산을 떤 다음 다시 떠나갈 때까지 그는
참을성 있게 기다렸다. 완전히 혼자가 되기 위해서.
사무실에서 유일한 사람이 될 때까지. 아무것도 하지 않고
팔짱을 낀 채 앉아서.

열기가 식고 소란과 부산함이 모두 가라앉자 밤이
되었다. 어렴풋한 빛만이 블라인드 사이로 들어왔지만
그마저도 너무 희미해서 그는 눈에 잘 띄지 않았다.
그러니까 누군가 불쑥 들어온다면 그는 그럭저럭 그
깜깜의 한 부분처럼 보일 거였다. 누군가가 전등이라도
켠다면 그는 어둠과 같이 순식간에 사라질지도 모르지.

그는 아무것도 하지 않고 있는 스스로가 마음에
드는 것일지도 모른다. 누구에게나 그런 일은
한 번쯤 찾아온다는 듯 겨울밤이 점점 짙어간다. 멀리서
사람들이 떠들며 지나가는 들렸다. 사무실 안에는

누군가 있었지만, 딱 그만큼의 기척이었을 뿐이다.
사실 아무도 없는 것과 같았다.

장갑

남은 것은 어디서 왔고
남지 않은 것은 어디로 갔을까.

입고 싶으나 보이지 않는 스웨터를 찾아 옷장을 뒤지다가
장갑이 한 짝 툭, 떨어졌다. 주울 생각도 없이 내려다본다.
검은 털장갑. 어디서 난 것인지 모른 척하고 있지만, 실은
알고 있다. 몇 해의 겨울. 눈과 찬바람.
선명한 하늘과 얼어붙은 두 뺨과 같은 장갑이다.
　　선물이었지. 아이도 아니고 장갑이냐고 투덜거렸지만
그 겨울들 내내 끼고 다녔던 것은 따듯했기 때문이었다.
닳고 성기어지다가 마침내 올이 풀리는데도 나는 이게
좋다고 다른 것은 필요 없다고 그랬다.
　　얼마만큼 짠 다음 대보고 또 얼마만큼 짠 다음
대어보곤 하던 것은 손이 아니라는 것은 그때는 몰랐고
지금은 알고 있는 사실. 그렇게 생각했지만.
　　그날 밤도 겨울이었다. 모든 것이 얼어붙어 있는
그 길을 따라 울면서 걸어간 사람이 있었다. 그것이
나였는지 당신이었는지, 이제 와서는 분명치 않지만 손만은

따듯했었다. 닳고 성기어지다가 마침내 올이 풀렸는데도.

어느새 나는 스웨터가 아니라 다른 한 짝의 장갑을 찾고 있다. 남은 것은 어디서 왔고 남지 않은 것은 어디로 갔을까. 아무리 헤집어보아도 다른 한 짝은 찾을 수 없고, 찾을 수 없다는 것을 이해했으면서도 그렇지 않을 거라고 생각하는 것처럼 옷장 앞을 떠나지 못했다.

컵

그리움 같은 것이 찰랑대는 기분이네.

이삿짐을 정리하다가 컵을 하나 깼다. 아끼는 컵이었다.
무척 언짢았으나 한 시절과 작별은 한 것 같아서 설레기도
하였다. 짐을 거둔 집의 내부를 신발 신고 돌아다니는
기분과 같이. 새 컵을 사야겠어 내일은. 그렇게 잠들고.

깨었을 때, 겨울 아침 햇살이 아직 커튼을 달지 않은
창문 너머로 환하게 들어왔다. 한동안 누워 있었다.
낯선 천장 낯선 창문 그리고 각도와 온도, 색까지 모조리
낯선 햇빛. 이내 깨버린 컵이 생각났다.

새 컵에 입술을 대면 이런 기분일까. 마지막으로 컵을
산 게 언제였더라. 그런 생각이 너무 우습고 신기하기도
했다. 챙겨야 할 많고 많은 일들을 제쳐두고 고작 컵부터
떠올리고 있다니. 그리고 보니 나는 내가 가지고 있는 컵의
수를 모르고 있었다. 곰곰 컵들의 모양을 생각하고 그
수를 세다가 다시 잠들어.

꿈을 꿨다. 식탁 위에 반쯤 물을 품은 유리잔이

있었다. 나는 어쩌지도 않고 그저 보면서 그리움 같은 것이 찰랑대는 기분이네, 하고 깨어났다. 멍하게 누워 그런 유리잔이 내게 있었던가 생각을 해보았지만 아니, 없었던 것 같아. 그런데 왜 이렇게 컵에 집착하게 되는 것일까. 나는 괴상하기만 한 컵에 대한 집착을 지우려고 애썼다.

　　사라져버린 것을 두고 누구나 그렇지 않을까. 우리는 포기라는 감정을 배우려고 애쓰는 것이지. 어떤 것도 어떤 것을 대신할 수는 없으니까. 컵을 사러 가야겠다. 세수를 하고 이를 닦고 옷을 입을 것이다. 현관을 나서면 입김을 날릴 것이고, 오후쯤엔 퍽 마음에 드는 컵을 하나 사들고 돌아올 것이다.

라디오

나는 눈을 뜨지 않았고. 가만히 그것을 듣고 있었다.

목소리를 들었다. 그래서 잠에서 깨고 있다는 것을
알게 되었다. 분명하게 깬 것은 아니었다. 눈을
뜬 것도 아니었고. 그저 저쪽에서 이쪽으로 넘어온
것처럼 자연스럽게. 조금씩 또렷하게. 가만히. 그리고
목소리가 들려왔다.

　　나는 누워 있는 나를 알았고 라디오인가 싶었다.
여자의 목소리였다. 그렇지만 나는 라디오를 켜둔 적이
없는데. 집에 라디오가 있었나. 하지만 그 사실은
조금도 무섭지 않았고, 분명 꿈도 아니었고 그립기까지
한 어떤 것이었다. 오래전엔 자주 그랬었지. 라디오를
켜놓고 좋아하는 노래를 기다리다가 깜박 잠들어버렸던
많은 밤. 나는 눈을 감은 채 슬쩍 웃었다.

　　노래가 나오기 시작했다. 한밤에 어울리는 것이구나.
어쩐지 잘 알고 있는 노래 같았고 그러나 또렷하게
들리지는 않았으므로. 무엇보다 나는 아직도 깨어난

것은 아니었으므로. 그것을 궁금하게 여기기보다는 그저 듣고 있었다.

탁자 위에 놓여 있는 시계에 라디오 기능이 있었던가. 그것을 누가 켜둔 것일까. 집에는 나뿐인데. 하지만 궁금해하지 말자. 나는 눈을 뜨지 않았고. 가만히 그것을 듣고 있었다. 다시 잠이 베푸는 깊은 심연 속으로 가라앉을 때까지. 노래는 끝나지 않고. 라디오를 꺼두는 손도 없었다. 나뿐이었고. 나는 다시 잠이 들기 시작했으므로.

연주

음표가 간직하고 있었던 어떤 시간이 풀려나온다.

오래된 악보를 하나 가지고 있다. 누구나 아는 그런
곡이 그려진 악보. 거의 처음 연주란 것을 했을 때
사용했던 것이다. 그 한 곡을 위해 보냈던 어린 시절을
떠올린다. 지금의 반절 크기도 안 되는 손으로 쥐었던
활과 왼쪽 턱으로 괴었던 바이올린. 처음으로 우주라는
것을 떠올렸던 음악을 재현하기 위해 애썼던 그때.

내겐 이제 바이올린이 없다. 있긴커녕 활을 어떻게
쥐어야 하는지, 어떻게 턱에 괴고 운지는 어떻게 해야
하는지조차 잊었다. 그저 그 악기의 색과 몸에 대었을 때의
느낌, 무게와 감촉 같은 것만 아련하게 남아 있다.

이 악보는 아주 우연히 발견한 것이다. 책상 서랍의
두 번째 칸 맨 아래 남아 있었던 그것을, 정리하는 동안
찾아냈다. 한동안 내려다보았다. 아주 멋진 연주가 연이어
그 위에 서려 있었다.

음표를 따라간다. 그 음표가 간직하고 있었던 어떤

시간이 풀려나온다. 어린 나의 서툰 저녁. 그날의 공기의 온도. 색과 느낌. 아주 아득하고 어쩌면 몰래 슬프게. 콧속 깊은 곳에서 마음 쪽으로.

 그때로부터 지금까지의 시간은 아주 간단하고 빨랐다. 나는 바이올린을 가지고 있지도 연주를 하지도 않지만 어린 내가 나를 기쁘게 하기 위해 오직 나만을 위해 누구나 아는 이 곡을 연주하고 있고 나는 어린 내가 연주를 마칠 때까지 기다린다. 꼬옥 안아주려고.

이야기

당신은 언제쯤 고개를 들어 창밖을 보게 될까.

당신이 편지를 쓰는 동안 눈이 내린다. 한 자 한 자 불러와
붙이는 사람처럼. 당신은 백지에서 눈을 떼지 못하고 눈은
조용히 내린다. 바람도 없는 짙은 밤. 소복해지는 마음.

사람들은 모두 잠들었다. 당신만 제외하고. 당신은
모르는 일이다. 모르는 당신이 낯선 펜으로 종이를 긁어
수줍은 이야기를 고백하는 동안 눈꽃이 피고 얼어붙어
어떤 모양을 만드는 그동안.

세상이 다 하얗게 변했다. 사람들의 눈썹도 하얗게
변하고, 누군가 부스럭, 이불을 끌어당겼다. 구름의
끝자락에서 당신이 적어낸 단어를 닮은 눈이 방금, 태어나
떨어진다. 아득히 먼 지상을 향해서. 하늘하늘.

모두가 잠든 이 꿈같은 시간에 당신은 언제쯤 고개를
들어 창밖을 보게 될까. 잊힐 듯 지금 눈이 내리고 있는데.
당신은 아무것도 모르고. 그렇게 하얀 종이와 파란색
펜 끝이 서로를 속삭여,

당신의 이야기가 태어난다. 의심할 수도, 그럴
여지도 없는 순백의 이야기. 그것은 창밖을 닮아간다.
반짝이는 모습으로 모두가 잠들어버린 바로 그 시간의
햐얗고 가벼운 서사.

아마 내일 혹은 모레쯤 나는 그것을 받아볼 수
있을 것이다. 당신이 잠들어버리기 전 아득한 빈 종이
위에 적어놓은 그 이야기를. 손끝의 작은 열만으로도 녹아
사라져버릴 것이 분명한 그 이야기를.

II. 밤의 문장들

어젯밤엔 행사가 있있습니다

긴 의자에 두 사람이 앉아 있어

두고 잊지 못하는 벚꽃의 시절이 있습니다

나는 주로 혼자 있고 싶어 하지만

보셨었지요, 오늘은 날이 참 좋았습니다

어린 시절엔 착하다는 말을 참 많이 들었어요

아끼는 가수의 새 앨범이 나온 날입니다

이제 우산 선물은 원하지 않아요

테이블이고 식탁이고 책상인 사물을 가지고 싶어요

색 너머 떠오른 채 가라앉지 않는

약병의 색만큼 묘한 것이 또 있을까

생일이 봄인 사람은 다정하대요

자는 모습을 더없이 사랑합니다

사진을 찍을 때 멈고 마는 무언가를 생각합니다

나는 새벽 두 시에 잡니다

한 끼 식사에는 참 많은 것이 담게 되지요

당신, 하고 적으니 스르르 잠드는 당신

어쩐지, 당신은 꿈을 잘 기억할 것 같아요

오늘 아침엔 당신이 더 좋아졌습니다

운동장 구석에 가만한 나의 사랑 정글짐

어젯밤엔 행사가 있었습니다.

그런 자리엔 잘 가지 않습니다. 저녁엔
주로 혼자 있고 그러기를 좋아하기 때문입니다.
그래서 친구가 많지 않은 건지도 모르죠. 친구가
별로 없다는 사실이 나를 불편하게 만들지는
않습니다. 물론 쓸쓸한 일이긴 합니다. 하지만
친구가 많다는 것 역시 쓸쓸한 일이 아닐까.
모두 각자 자신의 쓸쓸을 감추기 위해 누군가는
친구를 만들고 이 일 저 일에 참견하면서
쓸쓸로 쓸쓸을 덮는 것이 아닐까. 비약하자면,
그 쓸쓸 때문에 모두 밤엔 잠이 드는 것일
수도 있겠습니다.

행사에선 몇몇 사람들을 만났습니다.
사진을 찍는 사람도 있고 그림을 그리는 사람도
있고 책을 만드는 사람도 있었어요. 반 시간도
지나지 않아서 나눌 이야기가 바닥이 났지요.
우리는 행사장 앞 담벼락에 등을 기대고 서
있었습니다. 누군가는 담배를 피우고 누군가는
술을 마시고 이따금 대화를 나누고 대부분
침묵을 지키며 밤의 한구석을 까맣게 계속
까맣게 칠해보았습니다. 같은 시절을 다른
방식으로, 그러나 결국은 같게 우리는 통과하고

있는 게 분명해. 나는 그렇게 생각했어요.

　모두와 헤어지고 나와 다른 한 사람만
남았습니다. 나와 그는 초면이었는데 집이 같은
방향이었던 모양입니다. 길을 걷고 건너고
같은 지하철역 같은 플랫폼에 서게 되었을 때,
더는 모른 체할 수 없어 인사를 나눴습니다.
그는 액자를 만들어 파는 일을 한다고 했어요.
나는 참 멋진 직업이라고 생각했지요. 텅 빈
벽을 채우는 일이라니. 누군가는 그 액자를
보며 잠들고 일어나겠지요. 그러다 어느 날
그 액자가 거기에 있다는 것을 새까맣게 잊은 채
지낼 것입니다. 그러던 어느 날 그 액자를 불쑥
발견하고 한동안 그 앞에 서 있겠죠. 하지만
그에게 나는 그런 이야기는 하지 않았습니다.
우리는 초면이었고 처음 만난 사람과의 대화
주제로는 적합하지 않았으니까요.

　그와도 헤어진 뒤 마침내 혼자가 된
나는, 덜컹이는 지하철에 몸을 맡겨둔 채
한참이나 깜깜하게 계속 깜깜하게 가게 되는
거였습니다. 빈 벽에 걸린 액자처럼. 아니
그것을 생각하는 누군가처럼. 그것은 나의
의지와는 조금 다른 어떤 것이었습니다.

긴 의자에 두 사람이 앉아 있어

한 사람은 공중을, 다른 사람은 무얼
보는지 알 수 없어요. 사람 하나 두지 못할 만큼
떨어져 앉은 거리가 아득하다고, 생각하는
사람은 누군지는 알 수 없어요. 둘 중 하나일
수도 있고 두 사람 모두일 수도 있지만 그런
것은 중요하지 않습니다.

어쩌면 두 사람은 앉아 있는 게 아니라
침묵이 드리워진, 잘 가꾼 정원을 산책하고
있는지 몰라요. 정원이라 봐야 몇 평 되지 않게
작아서, 말을 망설이는 혀처럼 같은 자리를 다른
속도로 맴돌고 있습니다. 한쪽 구석 연못에선
잉어가 참방이는 소리, 가까운 가옥에선
사람이 뱉는 몇 차례 마른기침. 두 사람은 작은
소리에도 귀를 기울이면서 정작 말이 없습니다.
그 침묵 속에서 어떤 것은 단단하고 어떤 것은
하염없이 늘어져서 형체를 찾아볼 수 없다고,
생각하는 것은 두 사람 모두일 거예요. 피할 수
없으므로, 피할 수가 없기 때문에. 누가 먼저
멈춰 서고. 그러니 다른 한 사람도 멈춰 서고.
그 사이에는 다시, 아득한 거리가 있습니다.

누구도 말하지 않고 무엇도 말해지지 않습니다. 사이에는 오직 기대만이, 언어의 몸을 갖기 전, 짐작만이 맴돌고 있어요. 그들은 말하지 않지만, 그러니 듣지도 못하지만 어쩐지 나는 알 것만 같습니다. 발설되기 전에 오히려 더 깊숙이 와닿는 감정. 그러니 발설되어서는 안 됩니다. 발설되는 동시에 미끄러져 멀리 사라지고 말 거예요. 아직 이 세계에는 아무것도 없다. 존재해서는 안 되는 것처럼. 그것은 위협적이지 않고, 위협적일 수도 없다. 마침내 초신성과 같이 찬란한 빛을 내며 나타나 모든 것을 불태우며 즉시 소멸해버릴지라도.

어쩌면 단 한마디로 정의될지도 모르겠습니다. 그러나 나는 그 말을 적지 않으려 합니다. 벤치에 앉아 있거나, 좁은 정원을 거니는 두 사람도 그것을 원할 거라고 믿습니다. 그러니, 그들은 이 밤 떠 있는 달을 보게 되겠지요. 오늘도 참 밝고 예쁜 달을.

두고 잊지 못하는
벚꽃의 시절이 있습니다.

그저 잊지 못하는 것이면 좋으련만
그때의 기억은 한 장 한 장 떨어지면서 자꾸
나의 생활에 간섭합니다. 횡단보도에
서 있다가 한 장. 한 술 떠놓은 밥 위에도 한 장.
밤길을 따라 퇴근하는 길 신발 코에도 그것은
붙어 있곤 합니다. 어디 봄뿐인가요. 여름 가을
겨울 할 것 없이 무시로 떨어져 종종 눈앞을
가득 채웁니다. 그럴 때마다 나는 아연해져서
그 시절을 떠올립니다.

그때의 장면들은 느리게 재생되는
영상 같습니다. 그 일들을 떠올릴 때 나는
멈춰 섭니다. 멈춰 설 수 없을 때에도 그저
우뚝 서 있는 것만 같고 나는 그 일 속으로
들어갈 수 없으면서 들어설 수 있을 것만
같이 여기곤 합니다.

어느 해 봄 일입니다. 오후였고, 한적한
놀이터에는 아무도 없었습니다. 어디에서나
벚나무가 심겨 있는 도시. 나는 떨어지는
벚꽃을 잡아보려고 무던히 노력했습니다.
한차례 바람이 불면 꽃비 쏟아지는데 나는 작은

꽃잎 하나 쥐지 못하고 매번 헛손질만 하는
거였습니다. 자꾸 무언가 안타까워져서
다시 한 번. 또 한 번. 그럼에도 불구하고
나는 빈손이었습니다. 그런 모습을 보고 웃는
이가 있었습니다. 그가 내 노력을 응원했는지는
모르겠습니다. 그는 그저 웃고 있었습니다.
소리 내어 웃는 것은 아니고 가만히. 그도 나도
분홍빛으로 물들어가던 오후.

결국 허탕이었는지. 마침내 욕심을
채웠는지 그런 건 모두 잊었습니다. 머리카락에
붙어 있던 것 하나를 그가 떼어주었던 것만은
분명합니다. 참으로 오래전 일입니다.

다시 느리게, 그때가 지나가고 있어요.
눈앞은 벚꽃 잎으로 가득하고 나는, 아무것도
하지 못합니다.

나는 주로 혼자 있고 싶어 하지만

둘이 있는 것도 좋아합니다. 둘이 있을 때
할 수 있는 일들은 모두 좋습니다. 어색한
사이에 놓인 침묵은 어렵지만 그것도 마다하지
않고 좋아합니다. 하나만 더 있어도 깨져버리는
어떤 긴장이 저는 참 좋고 멋지다고 여깁니다.
둘이서 할 수 있는 일은 많지요. 그중 가장 멋진
일은 아무래도 대화인 것 같아요.

대화는 수다와 다릅니다. 대화는 느려요.
대화는 드러내는 것보다 숨기는 게 더 많지요.
드러내려고 할수록 숨어요. 대화를 할 때는
언제나 인내심을 가지고 무언가를 찾으려
합니다. 그렇게 찾아내는 것들은 대개 값진
감정들, 그러니까 진심입니다. 그렇기 때문에
대화는 언제나 할 수 있는 것이 아닙니다.
어떤 주기가 맞을 때, 그날의 기분과 날씨, 앞에
무엇을 두었느냐에 따라서 대화는 가능하기도
하고 아니기도 합니다.

대화의 가능을 결정하는 것은 앞에
있는 사람입니다. 대화가 가능한 사람을
저는 당신이라고 부르고 적고 생각합니다.

그래서 당신이 아니고서는 대화를 할 수
없습니다. 나는 언제나 당신과 둘이서만
대화를 합니다. 그것이 억울하거나 슬픈 적은
단 한 번도 없습니다.

당신과 둘이라서 나는 그것이 참
아름답다고 여깁니다. 잘 말하지도, 듣지도
못하는 사람이라서 나는 문자로 말하고
문자로 듣습니다. 보이지 않는 당신과 나
사이에 종이 한 장을 두고 주고받는 필담을
생각합니다. 세계를, 그러니까 당신이라는
세계를 상상하고 있어요.

당신도 모르게 당신이 된 당신은 듣고
있을까. 나에겐 아직도 확신이 없고 그럼에도
오늘도 쓰고 있어요. 오늘은 구름 그림자가
아주 짙은 날이고 나는 먼 시간으로 떠밀려 가
당신과 대화를 나눌 준비가 되어 있습니다.

보셨는지요.

오늘은 날이 참 좋았습니다.

몹시 아픈 몸을 끌고 밖으로
나가보았습니다. 연이틀 내린 봄비로 늦은
벚꽃들마저 흔적 없이 사라졌더군요. 이곳엔
개나리도 철쭉도 없어서, 꽃을 보려면 또
한참을 기다려야 할 것 같습니다. 그러나 뭐
어떤가요. 무성한 녹빛도 저는 좋습니다.
잎들이 바람에 흔들려 서로 몸을 포개는
소리도 좋지요.

잠시 당신을 떠올리려 노력하지
않겠습니다. 이 편지는 비밀이고, 비밀은 닿지
않는 것으로 완성되는 것이니까요. 그래요.
이 편지는 부치지 못할 것입니다. 나는 당신의
주소를 모르니까요. 당신의 오늘과 어제,
들숨과 날숨, 기쁨과 추억, 불안과 상실을 저는
모르니까요. 내가 아는 건 당신의 웃음과 조금
떨어져 있던 거리. 방금 바람이 불었습니다.
작고 좁은 잎들이 손바닥처럼 태어나 몸을
풀어냈습니다.

요 며칠 내내 앓아내면서 나는 내가 보지
못한 것들을 그리워했습니다. 그 풍경은 아무도

없는 그러니 당신도 나도 없는 시간 위에서
그곳을 찾아가기 위해서는 내게 용기와 의지가
돌아오지 않을 핑계가 필요하다고 생각했습니다.
그리고 언젠가 의미가 모두 지워졌을 때 나는
갈 수 있을 거라고도 생각했습니다. 침대에 누워
땀에 젖은 등을 움직이면서.

빛나는 창문들. 그 사잇길로 가느다랗게
흔들리는 생명들. 소리. 낱낱의 것들이
아닌 한 묶음의 소리가 아직도 내 앞에
펼쳐지는 듯합니다. 오늘 내겐 뒤가 없었고
세상은 종잇장처럼 느껴지기도 했습니다.
나는 그 속으로 들어가지 못하고 끝없이
그 앞으로만 돌아가고 있는 중입니다. 지금도.
이것은 내가 그리워할 풍경이 되겠지요.

지금은 밤입니다. 그러한 풍경은 다시
저 아득한 곳으로 미끄러져 제가 본 적 없는
곳에서 자라나겠지요. 어쩌면, 제 의식 속에
각인된 그 모든 본 적 없는 풍경들은 내게서
빠져나가 자란 것들일지도 모르겠습니다.
내가 생각하는 것도 그 때문일지 모르죠. 아마
당신도 그렇습니다.

어린 시절엔 착하다는 말을
참 많이 들었어요.

눈에 띄는 점이 얼마나 없었으면, 찾다
찾다 건네는 칭찬이 착하다였을까, 이제는
알 수 있지만 그때는 그 말을 얼마나 소중하게
간직했는지 모릅니다. 어쩌면 그때도 벌써
알고 있었던 거죠. 내세울 것이 없으니
그 단어만이라도 꼭 간직하자. 나는 그렇게
생각했을 겁니다.

나이가 들어갈수록 나는 내가 얼마나
착하지 않은지 깨닫게 됩니다. 착하지 않은
것뿐 아니라 너무 못돼서 이따금 스스로도
변명해주지 못하곤 합니다. 샘도 많고 마음도
비좁아서 이런저런 사정을 받아주지 못하는
것은 물론이고 언제나 나를 앞세웁니다.
어쩌면, '당신'이라는 단어에 이리 집착하는 것도
이 때문일지 모르겠습니다. 자꾸 앞에 가려는
나를 막으려고, 나를 감추는 당신이라니. 나의
못됨이 발명한 '당신'.

그래서 나는 자꾸 당신의 등을 보는
것일지도 모르겠습니다. 뒤에 서서 쫓아가고
안달합니다. 나는 당신을 감추지 못하고

내세웁니다. 당신이 너무 좋아서 그렇겠지만
작고 어려서 그렇기도 합니다. 얼마나 눈물이
많은 당신인데 나는 자꾸 뒤로 숨을까요.
이런 나를 얼마나 잘 돌봐주는 당신인지
모르겠습니다. 그러니 착한 당신. 얼마나
고마운지요. 또 얼마나 부끄러운지요. 이렇게
써가는 것도 모두 당신이 있기 때문입니다.

　　하루가 다 지났습니다. 오늘 나는
몇 번이나 당신 뒤에 숨었을까요. 걸으면서
생각하면서 적으면서 끊임없이 나타나는
당신을 보고 싶어 하면서도. 내가 당신의 당신이
될 수 있을까요. 그럴 수 없을까 봐 목이 마르고
눈이 아픕니다. 스러지는 초겨울의 저녁만큼
나는 쉽게 사라지고 어두워지니까. 그래서 내내
아파하고도, 당신을 보지 못하는가 봅니다.
그렇게 생각하니 너무 많은 것들이 하찮아지고
의미가 없어집니다.

　　다시 돌아가고 싶습니다. 이렇게 나약하게
자라지 않았다면 나는 근사한 당신이
되었을 테니까요. 요즘따라 이런 생각을 참
많이 합니다. 부끄럽지만. 부끄럽게도.

아끼는 가수의 새 앨범이
나온 날입니다.

그래서 어젯밤엔 그의 음악을 듣다가
리시버를 꽂은 채 잠들고 말았습니다. 그렇게
잠들고 나면 다음 날 아침 이리저리 뒤엉킨 채
침대 아래로 굴러 떨어진 이어폰을 발견하게
되기 마련입니다. 그런데 오늘 아침엔 바로 누운
그 자세 그대로 잠에서 깼죠. 똑바로 누워
아주 곱게 잠이 들었던 모양입니다. 선이 얇고
고운 그들의 음악 덕분일 거예요. 홀리듯 그대로.

이 가수의 음악을 언제 처음 들었는지,
어떻게 알게 되었는지는 모릅니다. 대개 음악이
시작되면, 처음 들었던 순간의 온도나 냄새와
같은 것들이 함께 떠오르곤 하죠. 그런데
이 가수의 음악만은 그렇게 되지 않습니다. 너무
아끼고 좋아하는데도 말이에요.

그래서 나는 내게 그들의 음악을 알려준
것이 당신인 것만 같다는 생각을 해봅니다.
어쩌면 내 이마를 짚어주듯 조금 느린 말투로.
그 가수에 대해 알려준 그날은 비가 왔을지도
모르겠다는. 우리는 테이블을 앞에 두고 마주
앉아 있었을 거라는. 커피는 조금 식었고 조금

추운 때였을 거라는 그런 상상. 그래서 나는
이 가수와 그의 음악으로부터 자꾸 미끄러지고
있구나. 그렇게 당신 쪽으로 흘러드는
것이로구나. 그러자니 너무 막막해져서 나는
눈을 감고 어서 잠들었던 것이로구나.

또 며칠 이 음악만 듣겠지요. 당신으로부터
벗어나기란 쉽지 않은 일입니다. 어쩌면
나는 벗어나고 싶지 않은 것일지도 모르겠어요.
두 귀를 음악으로 막고 스며들 듯 찾아오는
잠에 빠져드는 사람처럼. 거부할 틈도, 생각도
없는 채로. 여기 있습니다.

이제 우산 선물은 원하지 않아요.

우산은 떠나가는 물건이기 때문입니다.
떠나가려는 물건들은 언제나 슬픔이나 울음,
눈물같이 어디에서 어디로 흐르는 속성을 가지고
있다가 떠나가며 그 감정들을 작동시켜요.

그런 속성을 가진 물건을 몇 개 알고
있습니다. 있었고, 어디론가 사라져 더는 없는
그것들은 물방울처럼, 자취만 남겼다가 그마저
거두어버리죠. 나는 지금까지 몇 개의 우산을
잃어버렸을까. 다시 슬퍼지려고 합니다.
어느 해 어느 계절 어느 날 어느 우산 아래 나는
우산을 비의 방향으로 기울여 젖어가는 것들과
젖지 않아야 하지만 젖어가는 것을 구별하기
위해 최선을 다했고, 그럼에도 당신의 어깨와
팔과 다리는 어쩔 수 없다는 듯 젖어갔을 테지만.

그래요. 그런 풍경이 하나 있었네요.
또 다른 어느 날 나는 우산을 잃어버리고
길 잃은 비처럼 거리에 서 있었어요. 사실 그날
비는 오지 않았고, 우산을 들고나오지 않았으니
그것을 잃어버렸을 리도 없었겠지만, 왜
이제야 그 어둑어둑해져가는 하늘 아래 비가

쏟아지는 것일까.

　　손잡이를 나무로 만든 우산을 하나
선물 받았습니다. 우산을 선물로 받은 것은
살아오면서 두 번째 있었던 일이었고, 그해
가을엔 비가 참 많이도 내렸습니다. 나는
늘 그 우산을 가지고 다녔어요. 가장 슬프고
기쁜 그 선물을 잃어버린 것은 어느 저녁.
그 저녁에 비가 멎었기 때문이었습니다.
내 손이 비어 있다는 것을 알아차렸을 때
우산의 여행이 시작되었고 그건 기쁘고
슬픈 일이었다고 생각해요.

　　세 번째 선물 받을 우산은 숨겨두기로
계획합니다. 비가 오지 않아도 우산은 우산이고
장롱 속에서 우산은 영영 잊힐 수도 있지만
언젠가는 그 문은 열리게 되어 있으니까요.
생각해보니 우산에게는 정말 못 할 짓이지만
여행하지 않는 우산 하나쯤은 있어도 좋은
일인 듯합니다.

테이블이고 식탁이고
책상인 사물을 가지고 싶어요.

아주 오래전부터 그렇게 말하고 다녔죠.
그것은 식탁도 되고 책상도 되고 침대도
될 수 있게 아주 크고 튼튼했으면 좋겠습니다.
기왕이면 나무로 되었으면 좋겠습니다. 내가
그 물건을 어떤 용도로 쓸 것인지 어떤 사물들을
얼마만큼 어떻게 올려놓을 것인지 목수를
앞에 두고 차근차근 설명해주는 모습을 종종
상상하곤 합니다. 그림까지 그려가며
친절하게요. 그럼 목수는 나의 앉은키와 선키를
재어보겠지요. 내가 선호하는 질감과 색을
여러 차례 확인하겠지요. 어쩌면 내 손 모양과
팔 모양이 어떤지, 내가 앉을 때 어떤 자세인지
그런 것도 꼼꼼 챙길지 모릅니다.

지금도 어찌어찌하면 그런 책상을
구할 수 있을지도 모릅니다. 목수가 나의
사정을 좀 봐준다면 몇 개월 할부를 해줄지도
모르죠. 하지만 내겐 아직 평생의 집도 방도
없으니까 그런 것은 의미가 없어요. 내가 원하는
책상이 나오려면, 그 크기와 무게가 얼마나
될지 가늠이 되지 않거든요. 그러니 놓아두고
다시는 움직이지 않을 자리에 두어야 하겠고

지금 처지를 따져보면 내게 그런 일은
한참 뒤에나 찾아올 일. 그러니 바라고 상상할
수밖에 없겠지요.

　　아무튼 내 '그것'은 세상에서 가장
이기적인 '것'이 될 게 분명합니다. 나에게만
아름답고 나에게만 편안한, 나만 위하고 오직
나에게만 복종하는 최후이자 최고의 사물.
책상은 그래도 되지 않을까요. 이렇게 쓰고
보니 나의 집착이 꼭 병 같아서 부끄럽고
불편하지만 당신에게도 그런 물건이 있겠지요.
그렇지 않나요. 그게 무엇이든, 나는 놀라지
않고 당신의 취향과 취미를 양껏 칭찬해줄
준비가 되어 있습니다. 그러니 나의 '물건'을 미리,
조금 부러워해주시겠습니까. 그러면 언젠가
보여드리겠습니다. 앞뒤가 바뀌었지만, 분명
후회하지 않을 거예요.

색 너머 떠오른 채
가라앉지 않는.

청춘. 색을 물고 있는 단어. 만져보고
싶으나 만져질 리 없는, 위태롭게 무너지지
않은 채 버티고 있던 한때. 그때의 나는
작고 야위었으며 한없이 적막해 눈물같이
글썽이는 한 방울.

청춘. 빛을 물고 있는 단어. 저녁의 온도
곁에 비스듬히 서서, 막연히 기다리는 나이.
당신이라고 부르기엔 너무 어린 네가 웃으며
걸어올, 어쩌면 뛰어올 그래서 기다리고
걱정하는 그런 계절. 도무지 돌아올 것 같지
않은 건너편에서 내 쪽으로 오는 그 빛을
사랑하고 사랑하고 사랑하는 마음의 시간.

그렇게 매번, 돌아보게만 만드는 단어,
청춘. 색을 물어 입술이 파래지도록 늘어지는
몇 개의 장면. 영영 끝나지 않을 것처럼
재생되고 재생되며 나를 정지시키는 순간.
이 건너편에서, 나는 그때를, 겨울의 근처에서
손을 넣고 내내 망설이면서 어쩔 줄 모르던
그때의 나를 사랑하고 있습니다.

건너편에서. 닿지 못하고 보기만 할 수
있는 거리에서. 그때는 밤이고, 골목의 어귀에서
전봇대의 곁에서 나는 너를 기다리고 있고,
네가 살고 있는 건물의 꼭대기를 바라보다가
마침내 네가 문을 열고 나서는 모습을 보면서,
한 층, 한 층 더 아래로 내려오는 모습을 보면서,
그때마다 층간에 놓인 전구가 빛을 발했다가
사그라지는 장면을 지켜보면서, 나의 입에서
태어난 입김들이 어떤 모양을 만들었다
사라지고, 나는 그것마저 사랑할 생각. 손을
주머니에서 빼지도 못한 채, 기다리는 마음으로.
그 장면들을 고스란히 지켜보던 네 건너편의
나는 훗날의 내가 이 순간을 돌아보리라는 것을,
그것만으로도 충분히 마음이 아프리라는 것을
알고 있었는지도 모르죠.

　　울어도 되는지 묻고 싶습니다. 한 조각
남은 이름을 쥐고 나는. 색과 빛을 물고 자라지도
않고 가려지지도 않는 그 시절. 청춘의 이름으로
색과 빛을 물고 가만히 오래 슴슴하게 나의
마음을 아리게 만드는, 이제는 그저 건너편에서
나도 남도 아니게 된 가장 아름다운 시절에서.

약병의 색만큼 묘한 것이
또 있을까.

　요즘 나오는 하얀 플라스틱 용기를
말하는 게 아니에요. 갈색빛 유리로 된 약병
말이에요. 당신도 본 적 있지요? 흔들면
사각거리는 병 속 약들을 가만히 거머쥔 듯한
그 두껍고 따뜻한 갈색.

　혼자 있는 걸 즐기는 아이였던 나는
식탁 위 영양제가 든 약병을 들여다보길
좋아했습니다. 물론, 엄마가 알면 혼날
일이었죠. 떨어뜨리거나 쏟으면 안 되니까요.
그래서 난 언제나 그 약병을 몰래 들고
햇빛에 비추어 보곤 했어요. 그 안엔 쓴 맛과
냄새를 감춘 약들이 담겨 있었습니다. 이따금
약병을 열어보기도 했습니다. 구름 닮은
솜을 빼내면 그 속엔 실리카겔 종이봉투와
딱딱하거나 물렁한, 노란빛이거나 분홍빛이거나
흰빛인 알약들. 하나둘 약들을 세어보지만 나는
약들엔 아무런 흥미가 없었습니다. 약은 약일
뿐이니까요. 아무것도 감추지 않았으니까요.

　그래서 갈색 약병을 떠올리면 난 자꾸
저릿해집니다. 뭔가 비밀스러운 일을 하는 것만

같아서. 알약처럼 많은 비밀이 내 안에 담겨
있는 것 같아서. 그 알약의 맛이 궁금해지고
그 효능을 알고 싶어서. 그래서 엄마는 약병을
만지지 못하게 했던 것이겠지요. 비밀은
비밀이어야 비밀이니까요. 그래야만 무언가를
낫게 하니까요. 아는 것은 괴로운 것. 괴로운
것은 슬픈 것. 모르는 것이 약. 약이 되는 일.

요즘은 잘 보이지 않더라고요. 그런
약병. 두껍고 따뜻한 갈색의, 유리로 만들어진.
그런데 어쩌다가 약병 이야기를 시작한
것일까요. 약병의 색이 떠올라서, 얌전하게 병의
이쪽 벽에서 저쪽 벽으로 몰려가던 알약들의
소리가 들리는 것 같아서, 알약 병을 몰래몰래
흔들어보던 어린 내가 보고 싶어서 그랬을까요.
글쎄요. 나는 그저 당신을 생각하는 중인 건데.
혹시 당신이 내게 그 갈색 약병 같은 사람이
아닐까 하고 말이에요.

생일이 봄인 사람은 다정하대요.

그렇게 말해준 사람이 있었습니다. 그이의
말에 따르면 모든 것은 계절 아래서 자란다고
해요. 봄은 변덕이 많지만 하염없이 포근하기도
하다고. 무엇이든 태어날 수 있게 꼭 안아주는
계절이라는 것입니다. 그러니까 봄에 태어난
사람은 다정해.

나는 나의 생일이 봄 중에 있다고 말하지
못했습니다. 그를 실망시키고 싶지 않았기
때문이에요. 나는 다정한 사람이 아니니까요.
한 번도 어떤 것이 태어날 수 있게 꼭 안아준
경험이 내겐 없습니다. 쌀쌀맞다 싶게 매사
무관심한 그런 사람.

이따금 나는 내가 사람을 흉내 내고 있다고
생각하기도 했어요. 관계 맺기에 적당한
표정 행동 말투 같은 것. 사람들이 기꺼워할
만한 사람이 되기 위해서. 적어도 싫어할
만한 사람이 되지 않기 위해서요. 그렇게
하루를 보내고 밤이 되면 깊은 상심과 회의에
사로잡히기도 했습니다.

지금은 어떤가. 여전히 그렇지만 예전과
다름이 있어요. 어쩔 수 없는 일이잖아요.
그렇기도 하고, 모두가 다정함을 원하는 것은
아니라고 여기고도 있어요. 나의 무심함이
누군가에겐 도움이 될 수도 있는 거니까요.
대신 나는 되도록 무탈하려고 노력합니다.
나의 무탈함이 누군가에겐 큰, 커다란
선물일 수도 있다는 것을 배웠기 때문입니다.

나는 아프지 않아요. 나는 지나친
감정에 빠져 있지도 않고 나는 매일매일 같은
곳에 도착하고 같은 곳을 향해 떠나갑니다.
그러니까 당신이 원한다면 거기로 나를
찾아올 수도 있죠. 무심히 앉아 있을 거예요.
다정하게 맞이하지는 않겠지만 걱정할 일은
거의 없습니다. 이것도 멋진 일이에요.
다행인 일이기도 하고요.

자는 모습을 더없이 사랑합니다.

잠든 사람의 숨결로 가라앉는 고요를
그 고요에 기대어 내려다볼 때 있는 텅 빈
이마를 좋아합니다. 문득 돌아누우며 내는
기척이나, 살짝 깨어 내는 졸음 겨운 목소리를
더없이 아낍니다. 평화라는 단어를 나는
잠든 모습으로부터 배웁니다. 나는 당신의
평화를 보고 싶습니다.

조카를 얻게 되어 처음으로 안아보았을 때,
품에서 잠들어버린 그 녀석을 나는 또 얼마나
사랑했는지. 아기들은 가만가만 사뿐사뿐
잠이 듭니다. 잠든 아기의 바깥 세계는 어째서
이토록 요란하고 음흉한가. 조카와 헤어져
돌아오는 길에 그런 생각에 심난해졌지요.
마음이 못되질 때마다 아이를 생각해보자고
작심해보기도 했습니다.

나는 아주 작게 웅크리고 잔다고 해요.
넌 키도 큰 애가 왜 그렇게 작게 웅크리고 자니.
말해준 사람은 어머니입니다. 내가 그러나
싶고, 그래서 아침마다 팔다리가 뻐근한가
생각하다가 내가 잠든 모습을 가장 오래

봐준 사람은 어머니였구나, 하는 데서 생각이
멈춥니다. 그것은 지키다와 같은 말이라는
생각도 하게 됩니다. 나는 나를 그토록 오래
지켜준 사람을 가진 거였구나. 이보다 더 큰
운도 없겠다 싶었어요. 잘 살자 했지만 사람은
자꾸 잊지요. 어리석게도.

불면에 대해 말하려 했던 건데 불면은
잊고 내내 잘 자는 이야기를 해버렸네요. 사실
내게 불면이란 참 신기한 나라의 이야기입니다.
이따금 찾아오면 괴로워하면서도 은근히 놀라
반기는 그런. 잠이 오지 않아 하얗게 밤을
새워본 적은 없습니다. 그건 또 어떤 기분일까.
잠을 못 자는 사람들에겐 미안한 얘기지만.

사진을 찍을 때 멎고 마는
무언가를 생각합니다.

찍는 이도 찍히는 이도 숨죽이는 그때,
세상은 잠시 동안 시간을 잊습니다. 그렇게 잊은
시간을 나중에야 확인할 수 있다는 것. 그것도
사진 찍기의 매력이지요.

나의 첫 카메라는 어머니의 선물이었습니다.
그 카메라는 책상 위에 놓여 있었습니다. 나는
긴 여행에서 돌아온 참이었습니다. 작동법도
모르고 만지작대다가 셔터를 눌렀습니다. 무언가
찰칵. 하고 끝이 나버렸지요.

카메라와 사진 찍기에 빠져 몇 년을
보냈습니다. 파인더를 통해 들여다본 것들은,
이제와 생각해보면, 모두 사라져버렸습니다.
파일은 필름은 인화지는 흔적이었습니다.
나는 결과물들을 단서 삼아 사라진 것들을
더듬곤 하지만.

나타나는 것은 없고 그리움만 가득합니다.
사진 속의 시간은 한때 나의 것이었으나,
더는 그렇지 않은 것. 때로 그런 사실이 무섭기도
했습니다. 내가 있었던, 지금은 아무도 없는.

어느 날 책상의 제일 마지막 서랍을
열었습니다. 대개 그 서랍은 열지 않는 편이
좋지요. 그 안에 수북하게 쌓여 있는 필름과
사진을 보자니 이제는 정리를 하지 않을
수가 없었습니다.

꼬박 밤을 새워 하나하나 살폈고
모두 버렸습니다. 쓰레기봉투를 가득 채운
필름과 사진들을 집 밖 쓰레기통에 내다
버리고 난 뒤에는 손을 탁탁 털 수 있는
기분이 되었지요.

비로소 지워졌다고 생각하게
되었습니다. 그 세계를 알고 있는 것은 이제
오직 나뿐이라고도 생각했지요.

나는 새벽 두 시에 잡니다.

적고 보니, 잠옷 차림을 보여준 것
같아서 좀 부끄럽지만. 두 시가 되면 아, 오늘
밤도 끝이 났구나, 하는 안도와 아쉬움이
찾아와 어깨를 다독여줍니다. 그래서 누가
몇 시에 자나요? 하고 물어보면 나는, 두 시에
잡니다. 하고 대답해요.

나는 자는 걸 좋아합니다. 자기 직전
온몸이 가라앉아 천천히 분해되는 것만
같은 감각도, 잠에서 깰 때 천천히 수면 위로
드러나면서 몸의 구석구석 작은 부분들이 도로
합쳐지는 느낌도 나는 참 좋습니다. 그래서 늘
두 시를 기다립니다. 나는 두 시에 잠드니까요.

두 시를 넘어 깨어 있는 것도 나는 참
좋습니다. 아슬아슬 창문 너머로 보이는 빛의
자국과 형태. 불시에 떠오르는 지난 일들.
조금씩 말라가는 기분. 당신에게 쓰고 싶은
편지. 결국 지워버리는 글과 생각들이 두 시
너머에는 있습니다. 그때 나는 어쩐지 모두
잠들어 있을 것만 같다고 생각해요. 아침의 빛이
부옇게 어둠 위를 뒤덮어 온통 파랗게 변하기

전까진, 오직 나만 있고, 나 스스로 이 세계에
대한 증명이 되는 것만 같은 착각.

어쩐지 당신에게 알려주고 싶었습니다.
나의 밤의 끝 그리고 새벽의 시작. 당신이
그 사실을 안다면 두 시에 나를 생각해주지
않을까. 그렇다면 나는 두 시가 되겠죠. 잠들기도
하고 깨어 있기도 한 시각. 그렇게 나는 밤이
되기도 하고 새벽이 되기도 하는 사람이 되고.

어젯밤 두 시 부근에 나는 불을 끄고
이어폰을 꽂은 채 창밖 거리를 구경했습니다.
어젯밤 두 시쯤 나는 거리를 걷고 있었고,
어젯밤 두 시에 우연히 나는 누군가를 만나게
되었고, 내용 없는 안부를 물었어요.
어젯밤 두 시 무렵 나는 울고 있었어요.
어젯밤 당신의 두 시에 나는. 그러니까 나는.

내가 지나온 모든 두 시를 이제야 나는
꺼내보고 있는 중입니다. 어떤 것도 분명해지지
않는 두 시에, 어젯밤 두 시에, 내가 참 좋아하는
두 시에. 나는 잠들기도 하고, 깨어 있기도 하면서,
나의 지구를 돌리고 있는 중이었습니다.

한 끼 식사에도 참 많은 것을
담게 되지요.

손이 가고 시간이 들지만 수저를 들 이가
아무나가 될 수 없기 때문에, 아무나가 아닌
누군가이기 때문에 한 끼를, 그것이 놓일 자리와
함께할 시간을 마련하는 일에 공을 들입니다.

식사를 맞이할 이의 외향 버릇 말투 곁에서
속내에 이르러 가늠할 수 있는 것과 가늠할 수
없는 것까지. 준비하는 우리는 그가 무엇을
좋아하는지 또 싫어하는지, 어떤 것을 어쩔 수
있고 없는지를 판단해 선택하고 결정합니다.
오로지 그이를 위해서.

꼭 내가 직접 마련한 것이 아니더라도
식사비를 내어주고 싶다는 바람은 한 끼를 직접
준비하는 것에 못지않습니다. 그래서 자주
우리는, 언제 밥 한번 먹자고 서둘러 약속하게
되는 것인지도 모릅니다. 그리고 그 약속이 잘
지켜지지 않는 것도 그러한 까닭이 아니겠는지.
그 많은 인연을 품기에 우리 마음의 크기는
생각만큼 깊고 넓지 않은지도 몰라요.

아무튼. 그래서 우리는 우리가 준비한

식사를 그이가 받는 모습을 기쁘게 봅니다.
빤히 보아서는 안 되니까 결례니까 슬쩍. 조금
더 마음 편히 살피기 위해 때론 말을 걸기도
하지요. 이런저런 일들을 들려주기도 하고요.
그때 우리가 눈에 담는 것은 그이가 무언가를
씹고 삼키는 모습이 아니라, 준비한 것을
그가 누리는 모습입니다. 부족한 것은 없는지
확인하면서.

당신, 하고 적으니
스르르 잠드는 당신.

그러니 지금은 당신도 모르는 당신의 시간.
나는 깨어 있습니다. 당신의 미묘한 기척을,
살아 있는 숨소리를 듣고 느끼기 위해서.
손끝이 가늘게 떨리고 있습니다. 그 가느다란
움직임으로, 나는 지금을 적어냅니다.

오늘은 종일 걸었습니다. 혼자 있고
싶었습니다. 곁을 비워두고 그렇게 채우려고
했었지요. 밤이 내려왔을 때, 탈진에 가까운
상태가 되어 도저히 걸을 수가 없게 되어서야
집 앞에 도착했습니다.

어느 골목에서 아는 사람을 본 것도
같습니다. 그이가 당신일 수도 있을까요.
우연이란 내게 그저 당신이니까요. 인내란
지독히 추운 겨울의 정서. 어쩌면 나는 당신이
없어 떨고 있는 거지요.

이 밤이 지나가긴 할까요. 전에 없이
저는 이 깜깜한 밤이 막막하고 어렵습니다.
당신은 지금 꿈을 꾸고 있을까요. 여전히 나는
당신 꿈을 가늠하지 못하고 그런 생각으로

목이 가득합니다. 펜을 놓아야겠지만 그럴 수가 없어요. 떨림이 멈추지 않기 때문입니다.

이 떨림에 대해서라면 잘 알고 있습니다. 이에 대해서 나는 아무런 말도 하지 않았지만, 아마 당신도 알고 있을 거라고 생각합니다. 온도는 온도의 주인이 가장 잘 알고 있는 법이니까요. 당신을 놀라게 할 생각은 없습니다. 원망 역시 나의 몫은 아니겠지요. 나는 떨지만 떨고 있지 않습니다.

당신. 혹시 잠에서 깨어나진 않았는지요. 익숙한 손놀림으로 이 메모를 당신 손에 쥐어주고 싶지만, 그런 일은 그저 꼭 쥔 주먹과 같은 것이어서 나는 이 밤처럼 깜깜해집니다. 어서 잠이 들고 싶습니다. 이 밤을 끝내야지만 떨림이 멎을 것만 같으니까요.

어쩐지, 당신은 꿈을
잘 기억할 것만 같아요.

누가 나왔고, 그곳은 어땠는지 나는
매번 물어 듣고 싶은 심정입니다. 나는 늘
꿈을 잊습니다. 꿈의 이야기를 재미있게
들려주고 싶어서. 머리맡에 종이와 펜을 두고
자도 일어나면 그만입니다. 이따금 웃으면서
깨거나 놀라서 깰 때도 있지만 꿈의 밖으로
밀려난 감정들은 꿈을 기억해내는 데 아무런
도움이 되질 않습니다.

드물게 남는 꿈도 있어요. 그런 꿈은
좀체 사라지지 않고 오래오래 있습니다.
이런 꿈이 있었습니다. 꿈속은 아주
더웠고, 사막이었지만 모든 게 있었습니다.
사람들은 더워하면서도 거리를 걸어가고 집
앞에서 인사를 나누고 카페에 앉아 대화를
이어갔습니다. 이따금 모래바람이 불어, 모든
것이 지워졌다가 나타났고 그때마다 나는
덮여갔지요. 내게 남은 시간이 별로 없었어요.
그러니 남은 모든 것이 보고 싶어졌습니다.

그리움의 무게, 온도 그리고 밀도를 지금도
저는 표현해내지 못합니다. 그것은 슬픔이기도

하고 격렬한 솔직함이기도 하고 통증과
괴로움이기도 했습니다. 하지만 발끝까지
저릿한 기쁨이기도 했으니, 내가 모든 것을
잃어가는 그때 내가 가진 것이 무엇인지
알 수 있었기 때문입니다. 그 사막에서 나를
덮어가던 것, 내게 남은 시간일 수도 있고
그래서 죽음의 우화일 수도 있는 그것을 나는
아주 생생하게 떠올립니다. 어쩌면 당신일 수도
있는 내 상실의 근간. 한밤 나는 꿈에서
깨어나 어두운 부엌으로 갔습니다. 냉장고의
긴 떨림이 마침 끝나고 난 뒤의 적막 앞에서
나는 냉장고의 문을 열지도 물통을 꺼내지도
못했습니다. 아주 긴 밤이 될 거라는 직감만이
내 앞에 가득했습니다.

오늘 아침엔 당신이 더 좋아졌습니다.

이상한 일이죠. 물을 받은 식물처럼, 잠시
딴눈 판 새 마음이 불쑥 자라났어요. 어떻게
이럴 수 있을까요. 누군가를 좋아한다는 마음이
더 자랄 수도 있나요. 좋아하면 좋아하는 거고,
미워하면 미워하는 거지. 비교할 대상이 있다면
있을 법한 일이겠죠. 쟤보다 얘가 더 좋아,
얘보다 쟤가 더 미워, 와 같이. 그러나 한 사람을
두고, 슬쩍 자라난 마음을 눈치채다니. 어제의
당신보다 오늘의 당신이 더 좋다니. 그런데 오늘
아침, 평소와 같이 빨대를 커피 위에 톡 찍어
넣으면서 나는 분명 그런 생각을 했어요. 오늘
아침엔 나는 당신이 더 좋아요. 이유를 모르게.

아니, 아주 모를 일만은 아닐 거예요. 분명
방금 산 캔커피를 손에 들고 나는, 아침은 이런
모양이지. 비어 있는 손에 커피를 하나 쥐어보는
것. 그러니까 구름과 같은 기분. 졸음 가득한
아침 출근길에 문득 고개를 들었다가 보게 되는
구름 닮은 기분. 서쪽에서 동쪽으로 조금씩
몸을 밀고 가는 하얗고 작은 구름이 되는 기분.
발견하는 순간 생이 환해지고 조금은 살아
있구나 하게 만드는 그런 구름의 기분. 편의점

냉장고에서 내 몫이 될 커피를 꺼내 계산대에 올려놓으면 그런 생각을 하게 되지. 오늘 괜찮은 것 같아. 어쩐지 좋은 일이 있을 것도 같아. 그런 게 꼭 당신에 대한 마음과 닮았어. 나는 그렇게 생각했을지도 몰라요. 아니 분명 그렇게 생각했었고.

한 모금 들다 말고 다시 당신 생각을 하고 맙니다. 오늘 아침은 내내 이럴 모양이에요. 한숨을 쉽니다. 사실 눈을 떴을 때부터 그랬어요. 꿈도 없이 아주 깊고 단잠을 잔 모양이었는지, 알람 소리도 못 들었죠. 나를 깨운 건 열어놓은 창문으로 들어온 가벼운 바람이었어요. 구석구석 몸을 이루는 작은 세포들이 깨어나고 마침내 눈을 떴을 때, 나는 제일 먼저 당신 생각을 했어요. 공연히 빈 옆자리를 더듬으면서, 거기 없는 게 당연한데도, 대신 이불을 몸에 감으면서도, 일어나 기지개를 켜고 창문을 열고 오늘의 날씨를 구경하면서도, 이를 닦고 세수를 하면서도, 거울을 보며 머리를 매만지고 오늘은 어떤 옷을 입어야 하나 생각하면서도 당신 생각을 했어요. 사실 고백하자면, 요즘 매일 아침이 그러한 모양이지만.

편의점 앞 간이 의자에 앉아서 벌써 출근
시간이 다 되었는데도 나는 서두를 생각을
하지 않습니다. 당신이 좋아하는 이 캔커피를
사실 나는 별로 좋아하지 않아요. 나는
단것을 싫어하니까. 그래도 당신이 고르면
마지못해 같은 걸로 고르고는 투덜거리죠.
조금 비싸더라도 사방 널려 있는 커피숍에서
테이크아웃해 나오는 게 더 낫지 않나요. 그러면
당신은 대답 대신 한 모금 마실 뿐이죠. 나는
그런 순간 당신의 모습을 훔쳐보고 좋아해요.
그 순간 살짝 보조개가 생기니까. 살짝 웃을
때 말고는 도통 볼 수 없는 그 보조개를 별다른
수고 없이 고민 없이 볼 수 있으니까. 그 모습을
볼 때면 왈칵, 안에서 엎질러지는 게 있어요.

당신이 나타났으면 좋겠다. 나를 지나쳐
가게 안으로 들어와 나와 같은 커피를 사
와서 내 앞에 앉았으면 좋겠다. 앉아서, 늦지
않았어요? 라고 물어주었으면 좋겠다. 그러면
나는 아니요. 오늘 휴가 썼어요, 하고 거짓말을
할 텐데. 그리고 종일 여기 앉아서 당신과
보낼 텐데. 조금 용기를 내어서 오늘의 아침과
매일매일의 아침에 대해 말해줄 수도 있을 텐데.
하지만 그런 일은 일어나지 않아요. 의자에
기대어 올려다본 하늘이, 그 하늘의 구름이

무채색으로 변해갑니다. 어느새 비어버린
캔 속에서 듣기 싫은 소리가 나요. 이제 그만
출근해야지, 너의 자리로 돌아가야지 하는.
당신이 더 좋아진 오늘 아침이 이렇게 끝나려는
모양이다 했는데.

　　누가 맞은편 자리에 커피를 내려놓습니다.
어? 벌써 마셨네요, 하면서. 단 거 별로 좋아하지
않는다고 하지 않았나 하고, 한 모금. 작은
보조개를 만들면서. 놀랄 것도 이상할 것도
없이, 당신입니다.

운동장 구석에 가만한
나의 사랑 정글짐.

그 속 무수한 정사각형들은 내게 온갖
공간을 만들어주었죠. 그곳은 밀림이었다가
감옥이 되었고, 비밀기지 속 사다리였으며
때론 로봇의 조종간이 되어 내게 악당들을
물리칠 기회를 선물해주기도 했습니다. 어떤
상상 속 놀이든 그 끝은 하늘과 닿아 있는
맨 꼭대기였어요. 나는 정글짐의 꼭대기 위에서
아무것도 붙들지 않고 서 있을 수 있었습니다.
그럴 줄 안다는 것을 자랑으로 여겼습니다.
신나게 놀다가 꼭대기에 올라서면 보이는 것은
나의 완전한 세계였어요.

그날은 그럴 수 없었습니다. 서 있기는커녕
다소곳이 앉아서 나는, 학교 현관에서
운동장으로 이어지는 곳을 보고 있었어요.
눈을 뗄 수 없었습니다. 내 생일. 반 친구들을
초대했고, 그중에는 그 아이도 있었습니다.
다들 흔쾌히 응했지만 그 아이는 대답하지
않았어요. 아무도 오지 않아도 좋지만 그
아이는 꼭 왔으면 좋겠다고 생각했는데 말이죠.

종례가 끝나자마자 누구보다 먼저

교실 밖으로 뛰어나가 정글짐 꼭대기에 앉아
있었습니다. 그곳에서는 모든 게 보이니까.
그 아이가 나오기를 기다렸습니다. 교실에서는
말을 걸 수 없었습니다. 아이들이 놀릴
테니까요. 운동장에서라면 나는 슬쩍 걔 옆으로
갈 수 있을 거라 생각했어요. 가서 생일 파티에
올 수 있느냐고 물어볼 생각이었습니다. 그러면
대답하는 것을 잊었다고, 얼른 집에 가방을
내려놓고 너희 집으로 가겠다고 대답해주지
않을까, 그런 기대가 나를 기쁘게 했습니다.

봄. 더없이 맑은 날의 토요일. 크고 작은
아이들이 삼삼오오 교문을 향해 걸어가고
있었습니다. 하지만 교문은 하나뿐이고
그 아이는 보일 거였죠. 알아볼 자신이
있었어요. 그러나 시간이 제법 지나고 아이들은
줄어가는데, 나타날 기색은 없고 나는
초조해지고 초조해지다가, 울어버릴 것만 같은
기분이 되어버렸습니다. 곧 아이들이 우리 집에
올 텐데. 다들 선물을 들고 나를 기다릴 텐데.
마침내 그 아이를 보았습니다. 그리고, 그다음은
어떻게 되었을까요. 기억이 나지 않습니다.
분명한 것은 나는 그 아이를 정글짐보다
좋아했었다는 사실입니다.

epilogue

당신에게

한 해의 마지막 밤이 지나고 새해의 밤이 되었습니다.
상념에 사로잡혀 집을 나서 큰길가까지 나갔습니다. 급히
내달려 가는 차가 있었고 어떤 남자는 술에 취해 담배를
피우고 있었고 남자아이 둘이 큰소리로 웃으면서 길을
따라 내려가고 있었습니다. 모든 것은 여전했지만, 두 번
다시 마주칠 수 없는 시간이 지나가고 있다는 것을 나는
알고 있습니다. 그럼에도 모든 것들은 사소하고 사소해서
그저 지나치고 말 수밖에 없다는 것도. 하지만 이 밤은
또 불쑥 나를 찾아오고 말 것입니다. 내가 도망칠 수 없는
순간에. 그러면 나는 잠시 무엇도 할 수 없게 되겠지요.

생각에 잠겨 한참 서 있었습니다. 몸 구석구석 한기가 들어
떨렸지만 조금이라도 더 잘 기억하고 싶었습니다. 그사이
어둠에 적응한 눈은 더 작은 것들을 볼 수 있었습니다.
더 많은 것들이 보이면 그만큼 더 들을 수도 있는 거여서
나는 그것들의 소리에 귀를 기울이기도 했습니다. 깊어진
밤에도 여전히 살아 있는 것들. 그들의 기척을 살피며
기억의 조건에 대해서 생각하지 않을 수 없었습니다.
여전히 알 수 없습니다. 어떤 것이 기억되고 또 어떤
것은 기억되지 않는지. 기억되지 않는 순간들은 어디로

사라져버리는 것인지. 또 알 수 없는 것이 있습니다.
기억은 어떤 의미를 갖게 되는 것일까요. 하나의 완결된
사건이 되지 않음에도 생생하게 남아 있게 되는 그런
것들이 어째서 나의 삶에 간섭하게 되는 것인지 새삼
나는 궁금해졌습니다.

그리고 달이 있었습니다. 어떤 형태라고 말할 수 없게
꼭 달처럼 거기 있었습니다. 달은 참 무용하지요. 그것이
바다를 끌어오고 밀어내든 그로 인해 무엇이 태어나고
무엇이 죽어가든 그런 것과 무방하게 당장 거기 있는
달은 우리에게 아무것도 해주지 않습니다. 그냥 거기에
있을 뿐입니다. 그러나 달은 사이의 물질 아니던가요.
달을 보고 있는 사람과 달을 보고 있는 사람의 사이.
그 가운데에 달은 있습니다. 우리는 언제나 달을 두고
정확히 같은 거리에 떨어져 있지요. 달과 지구의 거리는
삼십팔만 킬로미터. 그러니 우리가 얼마나 떨어져 있든
그 거리는 삼십팔만이라는 숫자 앞에서는 무용할
따름입니다. 모두 한 줄에 놓여 있는 것과 다름없어요.
그렇게 생각하니 나는 달 아래 모든 것들과 무척
가까워집니다. 그래서일까요. 나는 말할 수 없이 커다란

상념에 사로잡혔습니다.

새해의 밤은 아무것도 달라지는 것이 없는 것으로 그
의미를 시작했고, 그 밤의 거리, 그중 일부가 되어 거리를
계산해보는 일은 참으로 혼자가 되는 일이라고 나는
여겼습니다. 여기서 나는 하나의 점이 되어 다른 점을
떠올려보고 있는 것입니다. 그곳의 안녕을 떠올리자니
혹시 잠들어 있는 것은 아닐까 조바심이 나서 나는 그리로
가 흔들어 깨우고 싶은 것이었습니다. 저 달 좀 봐요. 달이
한 해를 지나 새로운 해의 깜깜한 밤하늘에 떠 있어요.
수천 세기를 건너 셀 수 없는 많은 밤 동안 여전히 달이
있고, 거기와 여기는 그리 멀리 떨어지지 않은 채 있어요.
그러면 졸린 눈을 간신히 뜨고 잠에서 다 깨지 못한
목소리로 건네는 대답과 인사를 나는 들을 수 있지 않을까.

방금 바람이 불었고 나는 목소리를 들은 것만 같습니다.
이상하게도 나는 목소리의 주인을 알고 있는 것 같습니다.
우리는 아주 오래전 어떤 이야기를 나누며 밤을 건너지
않았을까요. 그 밤은 길고 길어지다가 점점 사라져갔고
아쉬워하면서 작은 것들에도 나란히 귀를 기울이지

않았을지. 때로 같은 이불을 덮은 것처럼 우리는
서로의 나지막함에 반응하면서 소리 죽여 웃거나
가느다란 침묵에 기대 있지 않았을까요. 어떤 밤엔
입술의 감각에 마음을 다 내어주고 아득한 곳까지
다녀오는 기분이 되었을지도 모르겠습니다. 한동안
나는 바람에 귀를 기울이는 사람. 그 이상도 이하도
아니게 된 채로 있었습니다.

미래의 일과 과거의 일이 만나 그것이 사람을 간절하게
만들다니. 오지 않은 일들이 오지 않을까 봐서 안달하는
마음이 그만 깊어지고 말았지요. 달을 만지고 싶은
어린 손처럼 어쩔 수 없는 일과 그리하고 싶은 마음이
닿아서 어찌지 못하는 바람이 하나 생겼습니다. 누가
나에게 잘 자라는 인사를 건네주었으면 좋겠습니다.
그 인사에 가득 안긴 채, 내가 지내온 밤들을 잊고 새 밤을
기다릴 수 있으면 좋겠습니다.

애써 담은 이 책의 이야기들은 참으로 오랫동안 모아온
것들입니다. 몇 번이고 정리를 하다가 그만두곤 했습니다.
그때마다 이대로 그만두게 되는 것은 아닐까 조바심이

나기도 했지요. 여전히 미진하지만 그래도 이제는
놓아주어야겠다는 생각을 합니다. 처음 적었던 대로
이것은 나의 것이 아니고 당신의 것. 그러니, 내 뜻대로
해서는 안 될 일입니다. 어떤 것은 내가 겪은 이야기이고
어떤 것은 전해 들은 것, 때로 본 것이거나 꾸며낸
것이지만 피할 수 없이 사람의 일들입니다.

소원이 태어나서 작은 한숨을 쉽니다. 나는 더욱 꼼짝도
하지 못하고 태어남이 갖는 경건함에 휩싸여서 받아들이고
있습니다. 그러면서 이것은 부름이 아닌가, 생각하는
것입니다. 마치 아기 예수 탄생의 신비를 좇아 동방의
세 박사가 길을 따른 것처럼. 그리하여 나는 기록합니다.
한 해가 저물고 새해가 시작되고 있는 밤을. 그 밤의
거리에 서서 슬프고 감격한 채 서 있던 나를. 나를 불러준,
나와 같이 저 달로부터 삼십팔만 킬로미터 떨어진 당신을
위해서. 내가 원했던 것처럼 분명, 어느 밤의 당신도
그러하겠지요. 그러니 전해요. 잘 자요. 잘 자요 당신.

반짝이는 밤의 낱말들

1판 1쇄 펴냄 2020년 9월 30일
1판 5쇄 펴냄 2024년 6월 1일

지은이 유희경
펴낸이 손문경
펴낸곳 아침달

편집 송승언, 서윤후, 정채영, 이기리
디자인 정유경, 한유미
인쇄 미래엔

출판등록 제2013-000289호
주소 04029 서울시 마포구 양화로7길 83, 5층
전화 02-3446-5238 팩스 02-3446-5208
전자우편 achimdalbooks@gmail.com
트위터 https://twitter.com/achimdalbooks
인스타그램 https://www.instagram.com/achimdal.books
블로그 https://blog.naver.com/achimdalbooks

ⓒ 유희경, 2020
ISBN 979-11-89467-19-7 03810

이 도서의 국립중앙도서관 출판예정도서목록(CIP)은
서지정보유통지원시스템 홈페이지(http://seoji.nl.go.kr)와
국가자료종합목록시스템(http://www.nl.go.kr/kolisnet)에서
이용하실 수 있습니다. (CIP제어번호 : CIP2020039165)